露月百句

岸本　尚毅

はじめに

石井露月《ろげつ》の俳句は多彩だ。筆者の愛誦する句をいくつかあげる。

「皆曰く是より遠し秋の風」は、兄事した正岡子規と別れて帰郷するときの思い。

「里の子と路に遊べり風邪の神」と詠んだ露月は村医だった。「叫ぶものに皆いのちある吹雪哉」は吹雪のなかの往診の場面。

「北の窓塞ぎぬ獣通ふらし」は山深く、雪深い奥羽の冬。「海の如く野は緑なり五月晴」は美しい初夏。「凩《こがらし》に昼行く鬼を見たりけり」や「花野行く耳にきのふの峡《かい》の声」などの不思議な味わいも忘れがたい。

「白骨の白さ漾《ただよ》ふ露の中」は友の死、「冬雲の明るき処なかりけり」は娘の死にさいしての作。

「事も無げに隣家南瓜を贈来る」は、露月が「南瓜道人」と渾名《あだな》されていたことを思うと可笑しい。

真面目な露月の巧まざるユーモアだ。

重厚、素朴、悲壮。ときには滑稽。本書は、露月の句の多様な面を伝えることに努めた。

鑑賞にあたっては、その人物と生涯にも目を向けた。露月は、滝田樗陰《ちょいん》、内藤湖南《こなん》、平福百《ひゃく》穂《すい》、和井内貞行《わいないさだゆき》などと並び『秋田の人々』（武塙三山著、秋田県広報協会）、『秋田の先覚　近代秋田をつちかった人びと』（秋田県総務部編）などに取り上げられている。もちろん「俳壇の巨星」としてだが、そこで必ず言及されるのは、村医だったこと、青年団長や村会議員を務めたこと、村人の経済事情を調査し、米女鬼《めめき》文庫を創設したことなど。露月は地域社会の指導者だった。

医師（及び村会議員等）と俳人の二足の草鞋の人生を真摯に生き抜いた露月だが、子規からは「秋田の片田舎に怪しき物あり。名づけて露月という。混沌の孫、失意の子なり」と評された。子規の推賞により俳壇に登場し、高浜虚子などとともに子規門の四天王と称されたが、病気のため帰郷。独学で医師の資格を得、女米木《めめき》で開業した。露月の帰郷は子規を大いに落胆させた。

現在も秋田の偉人に数えられる露月だが、子規に対する負い目を生涯持ち続け、また、八人の子女のうち四人に先立たれた。失意や悲哀に向き合い、それを率直に句に詠んだ俳人だった。

飯田蛇笏《だこつ》は露月の俳句を「野人的詩性」と評した。「野人的詩性」とは、荒々しく変化した明治大正の世を生き、奥羽の風土を背負い、そのうえに露月の個性があいまって醸成されたものだ。

本書を通じて「露月」を感じて頂ければ幸いである。

目次

カバー絵　平福百穂画「石井露月」（個人蔵）

明治の句

秋風や家に白髪の母います

明治二十七年。秋風が家を吹きつつむ。その家には、老いて髪の白くなった母上がいらっしゃる。「います」は尊敬。父母を敬う「孝」という徳目が身近だった時代の作だ。「秋風」「家」「白髪」「母」という、何の変哲もない言葉が並ぶ。どんな家であるかという説明は一切なく、ただ「家」とあるだけ。「母」についても白髪の老母であるという以上のことはわからない。多くの事柄は省略され、句の背後に隠れている。

俳句は短く、情報量が少ない。それゆえ俳句の作品はしばしば普遍性を帯びる。この句もそうだ。露月が母を詠んだ句だが、そのような「個」の事情を超えて、この句は、多くの人が心に思い浮かべる、懐かしい故郷の母の姿を見せてくれる。この句を読んで、自分の母の顔を思い浮かべる読者も多いと思う。

この句は感情をさほど露わにしていないが、「家に白髪の母います」という口ぶりから、母を恋い慕う思いや、老いた母が健在であることへの感謝の気持などがうかがえる。

露月はどのような思いでこの句を詠んだのだろうか。以下、露月の一文を引く。

（子規からの）第四信は、余（露月）は病気ははかばかしからぬので、帰国した方がよかろうと思い、其旨子規君へ相談をなし序《ついで》に余が身上の愚痴を長々と並べ立て、帰国の旅費は子規君に拵《こしら》えて貰いたいと云って遣《や》ったのの返事である。末の母云々は余は余が故郷の老母倚《い》門《もん》の事を書いて「秋風や家に白髪の母います」とか云う句を添えたものに対しての言葉である。

（『蜩を聴きつゝ』）

「老母倚門」とは中国の古典に由来し、家の門に倚って子の帰りを待ちわびる母の情をいう。当時、露月は二十一歳。上京し、子規に兄事し新聞社で働いたが、脚気を患い、房州の千倉温泉で療養していた。

脚気が回復しないので帰郷を決意した露月は「旅費は子規君に拵えて貰いたい」と書き送り、借用を願い出た。「秋風や家に白髪の母います」は、子規宛の手紙に書き添えた句だ。これに対し、子規は次のような返信をよこした（明治二十七年九月六日付『露月宛書簡集（Ⅰ）』）。

小生幼にして父に別れ母の手に人と為る、幸に母の健康なるが為に独り自ら喜ぶ、然れどもよる年波の是非なくも今は又昔日の母に非ず

何とせん母痩せ給ふ秋の風

「秋風や家に白髪の母います」に相和するように、子規は、同じように秋風を詠みこんだ「何とせん母痩せ給ふ秋の風（何としようか。今や母は老いてお痩せになっている。その母に秋の風が吹いている）」という句を露月に書き送り、帰郷を望む露月の気持を理解したことを伝えたのだった。

暁や湖上を走る青嵐

この句は明治二十九年六月二日の日記に記されている。以下、俳文学者松井利彦の鑑賞を引く。

青嵐は夏季。初夏のころ、若葉を荒々しい風が吹く、その風が青葉の上を通ってくるために青色を帯びたように感じられることによって名づけられたもの。湖はちょうど夜明けである。その湖の面を緑の木々を吹きすぎてきた風が吹いてゆくのが見えるという、初夏のころの大景を叙した句。

（吉田精一編『日本文学鑑賞辞典』）

子規の「明治二十九年の俳句界」は「露月の作る所、雄壮なる者、警抜なる者」として、「荒滝の霧を裂くこと五百尺」「洪水や月を浸して押し寄する」などとともに掲句を引く。「五百尺」や「月を浸して」はたしかに「雄壮」「警抜」だ。いっぽう「湖上を走る青嵐」は小気味よい叙景。子規は「湖上を走る」に警抜さを見出したのかもしれないが、むしろ、叙景の心地よさを評価したい作だ。飯田蛇笏にこんな一文がある。

二三十のめだかに田螺《たにし》一つかな的露月芸境というものは、鳴雪《めいせつ》—高華、虚子—縦横、碧梧桐—洗練、飄亭《ひょうてい》—曠達《こうたつ》、等々の寸鉄的な批評文字の中で露月を指すに警抜をもってしているのである、その警抜の批評を子規の口から発せしめる対象としての露月は、実に沈黙寡言迂の如く愚の如しであり、詠ずるところ「二三十のめだかに田螺一つかな」の荒削り作品の如何によく風丰《ふうぼう》を髣髴《ほうふつ》せしめるかに思い到らしめるからである。

明治魁の名選集「春夏秋冬」に採録されたる露月作品は、春が八句、夏が二句、秋が十句、冬が十三句で、合計三十三句を示すのであるから数の上から見ても正に一方の雄たるに耻《は》じないものであるが、その内特色あるものを拾いとるとすれば、

ありたけの糸のばしたり凧《いかのぼり》　露月

椎の実の八升ばかりこぼれける　同

瓢一ついつまでも〱下りけり　同

雑魚寝して風邪をひいたる男かな　同

足が出てせんかたもなき布団かな　同

薬喰に到れば少し後れたり　　　同

等であろうと思う。いちいち解説を加えて其の急所を突くことは容易であるが、読者はおそらくその煩を不必要として、内容に流動する野人的詩性が例の荒削表現と相俟《あいま》って露月作品の持味を多分に所有することを知るであろうと思うのである。子規はただ単に警抜の一語で尽さんとしたのであるが、思えば子規のこの評言も例の明治先輩的の極めておおまかな面白味がうかがえ明治作品の味とともに肯《うなず》けるところである。
（「ホトトギス」昭和十七年四月号）

「野人的詩性」とは、露月に対する蛇笏の最大の賛辞だった。

地震やんで日暮れて秋の雨がふる

明治二十九年八月三十一日、秋田・岩手の県境で陸羽《りくう》地震（六郷《ろくごう》地震）が発生。死者二百九名。二十三歳の露月は、九月一日の日記に「地震の為《た》め各所損害あり」と記し、その後数日にわたり、以下のような句を日記に書きとめた。

秋風の大地震にてやまざりき（九月四日）

秋風は、大地震でも止むことなく、吹き続けている。

鶏《とり》もなかず地震の後の秋の風（同）

地震の後は鶏も鳴かず、ただ秋の風が吹いている。

「地震やんで日暮れて秋の雨がふる」は九月五日の吟。

地震発生は十七時六分。その後の模様を「日暮れて秋の雨がふる」と、たんたんと詠んだ。無力感でも達観でもなく、ただ、あるがままの様相を句にした。作者の主観を消し、事態を見据えている。

このとき露月は医術開業前期試験のため上京するところだった。九月九日から十日にかけて被害の大きい大曲、六郷、横手を通り、東京へ向かう鉄道に乗るため岩手県へ向かった。

やむ人の枕並べて秋の風

病む人は枕を並べて、秋の風に吹かれている。

仮小屋の秋さめに病む女の子

秋雨が降っている。仮設の小屋にいるのは病気の女の子だ。

九月十日の日記にあるこれらの句は、被災の実態を見ての作だ。

地震を詠んだ露月の句には、このほか、大正三年の秋田仙北（強首《こわくび》）地震のさいの「凍霧《がす》透きて火赤く烟三《みつ》ところ」「ごうと鳴る風にあらず冴返る空」などがある。以下の句はいずれも「大地震（大正三年三月十五日）」と前書がある。

仮橋に蹊《みち》作《な》す春の水とゞろ

地震で橋が落下した箇所に仮の橋を設け、そこに人が通れる程度の「蹊」を通した。橋の下は、雪が解けて嵩《かさ》を増した水が音を立てて流れている。

地に布《し》ける淡雪亀裂さながらに

「淡雪」は春の雪。三月の雪が積った大地に、地震による亀裂が生々しい。

陽炎《かげろう》に包まれて老と幼と居り

前書がなければ、春の日の幸せな光景だ。しかしじっさいには余震に怯えつつ、老人は幼い孫をかばうように、陽炎の立つあたりにいる。

大地裂けたり蕗《ふき》の薹《とう》活々と

「裂けたり」と鋭く言い切った。生々しい亀裂のそばに、生き生きとした蕗の薹が現れた。

脈々の暖かさ巣鳥独《ひとり》知る

ずっと続く暖かさを知っているのは、春に営巣する鳥の巣にいる雛だけだという意味。人々は「脈々の暖かさ」を地震で失った。「地震の後の一日、軒先の砂場で抱卵についた鶏に、平穏な日々のありがたさをしみじみ感じた情景句である」と伊藤義一は鑑賞する（『俳人露月　天地蒼々　郷土を愛した鬼才』、以下『天地蒼々』と略）。

白虹《はっこう》日を貫いて蟷螂《とうろう》起《た》つ

明治二十九年。「白虹」は白色に見える虹。「白虹日を貫く」とは、白い虹が太陽を貫くこと。兵乱の予兆とされた。今まさに白虹が日を貫いたとき、蟷螂（カマキリ）がむっくりと起ち、鎌を掲げて身構えた。肉食の蟷螂は好戦的だ。鎌を持った姿は、見ようによっては死神のように不吉でもある。

いっぽう、白い虹が日を貫いたときに起こったのが「蟷螂起つ」というちっぽけな出来事だとすれば、そこに大山鳴動鼠一匹的な可笑しみを見出してもよさそうだ。「白虹貫日蟷螂起」と書けば七言の漢詩の一行のように見える。この一見荘重に見える句の主人公がたかが蟷螂に過ぎないところが漢文のパロディであり、俳諧だ。蟷螂が秋の季語。

子規はこの句を含め、露月の句は「漢詩、漢史より来りし語多く、従って支那の事物を詠じたることも多し」と評した（「明治二十九年の俳句界」）。

蟷螂の戈を枕に眠るかな（明治二十九年）

蟷螂の前肢は「斧」や「鎌」と称されることが多いが、この句は「戈」と詠んだ。なぜ「戈」かといえば、「戈（あるいは矛）を枕に」が決まり文句だから。李白の「塞下曲」に「戦士龍沙に臥す」という一行がある。「龍沙に臥す」とは北辺の沙漠に起臥しつつ従軍することで、矛を枕にするのと同じ意味だと注される（藤原楚水訳註『唐詩選通解』）。子規には「金州従軍中作」と前書のある「春寒み矛を枕に寝る夜半を古里の妹ぞ夢に見えつる」という歌がある。

ようするに「矛を枕に」とはいつでも矛を取る覚悟でいること。露月は漢詩などを踏まえて「戈を枕に眠るかな」と詠んだ。蟷螂たるもの、餌になる虫が現れたらいつでも殺せるように矛を枕に眠る。一見勇ましいが、それが戦士ではなく、ちっぽけな虫であるところに俳諧味がある。

「白虹日を貫いて蟷螂起つ」と「蟷螂の戈を枕に眠るかな」は、佐藤紅緑編『滑稽俳句集』（明治三十四年）や寒川鼠骨編『古今滑稽俳句集』（明治四十年）など滑稽俳句のアンソロジーに収録された。今井柏浦編『古今滑稽俳句集』の凡例に「本書は、古今の俳句中より、滑稽、奇想、変調（五七五の常調を逸せるもの）の三者を蒐集」したとある。「白虹日を貫いて蟷螂起つ」は「滑稽」「奇想」「変調」、「蟷螂の戈を枕に眠るかな」は「滑稽」「奇想」にあてはまる。露月の「滑稽俳句」には、ふだん真面目な人が、ふとした折にとぼけたことを呟いたような味わいがある。

万骨の枯れて蟷螂生れけり（明治三十八年）

「一将功成りて万骨枯る」という。万骨が枯れる戦禍のあとに生まれて来たものは、天来の戦闘員のような蟷螂だった。不吉な戦乱の世を思わせる句だ。明治三十八年に日露戦争終結。奉天会戦や日本海海戦では将軍が英雄となり、多くの兵士が命を失った。「蟷螂生る」（蟷螂の孵化）が夏の季語。

かくの如き瓢《ふくべ》に似たるものありや

明治二十九年。このような瓢（ヒョウタンの意）に似たものがあるだろうかと、瓢の形に興じる。この句は『滑稽俳句集』（明治三十四年）や『古今滑稽俳句集』（明治四十年）などに収録された。これらの滑稽俳句集にのっている瓢の句は次のようなものだ。

瓢箪《ひょうたん》のさても達摩に似たる哉　其角

瓢箪の達摩に似ていることよ。

人の世に尻を据ゑたるふくべかな　蕪村

人の世に尻を据えたかのような瓢箪だ。

なにがしの殿に似たるよ種ふくべ　大江丸

種を採るための種瓢がどこかの殿様に似ている。本当は殿様が種瓢に似ているのだ。

世を捨てゝ瓢に入らんとぞ思ふ　紅緑

世を捨てて、瓢の中に入ってしまいたい。

尻据えし厠の屋根の瓢哉　青嵐

便所の屋根に、尻を据えたように瓢が生っている。どの句も、どこがどう可笑しいか説明できる。子規門の仲間の佐藤紅緑の「世を捨てゝ」は気取っている。いっぽう露月の句は、どこがどうというわけでもなく、ただ、しみじみと可笑しい。瓢が可笑しいのではなく、「かくの如き瓢に似たるものありや」と、しみじみという作者の神妙な顔が可笑しいのだ。

世をあげてふくべに似たる人もなし（明治三十八年）

このふくべ何の誰かに似たりけり（同）

露月にも、瓢に似た人はいない、いや、この瓢は誰かに似ているなどと興じた句があるが、それよりも「かくの如き瓢に似たるものありや」と真顔で呟いた句のほうが可笑しい。

露月の滑稽味は南瓜の句によくあらわれている。明治三十二年十月、子規たちは虚子宅で闇汁を催した。その模様を記した子規の「闇汁図解」は、露月の名のそばに「南瓜道人」と記す。露月は闇汁に南瓜を持参した。露月の名の上に「闇汁に打込れたる南瓜かな」という句が記されている。「名の上に記したる句は各人の作」とあるので、この句は露月作だろう。「打込れたる」という大げさな口調に可笑しみを感じる。

茄子臭き南瓜《とうなす》くさき契《ちぎり》哉　子規（明治三十四年）

子規は、露月の結婚を祝してこの句を書き送った。南瓜は露月、茄子は嫁だ。

安《やすん》じて動かじとする南瓜哉（明治三十九年）

「安じて動かじとする」はどっしりと実った南瓜の姿であると同時に、女米木を安住の地と定め、そこから動こうとしない露月その人のようだ。

事も無げに隣家南瓜を贈来る（大正十三年）

隣人は何でもないような顔で、収穫した南瓜を露月にもたらした。村医の石井先生が俳人であることは村人も知っていようが、さすがに、露月の渾名が「南瓜道人」であることまでは、よほどの事情通でなければ知るよしもない。「南瓜道人」に向かって「どうぞ」と南瓜を差し出す隣人。心の中で苦笑いをしながら南瓜を受け取る露月。「事も無げに」という物言いが可笑しい。

末枯《うらがれ》や暮雲平《ぼうんたいら》かに奥州路

明治二十九年。日暮の雲が平らかにどこまでも伸びている。この広々とした情景は奥州だ。晩秋、葉先から草が枯れ始めた。冬が近い。

「暮雲平かに奥州路」はスケールの大きい景だ。「暮雲平かに」は八音の字余り。それがむしろ伸びやかで力強い。「暮雲平《たい》らに」だと字余りは解消するが、調子が弱い。

「末枯」は足元の景。遠くの「暮雲」と近くの「末枯」の遠近法だ。「奥州路」は雄大だが、「末枯」という季語のせいだろうか、句の気分はどこか淋しい。

年譜（『戸米川村誌』）によると、明治二十九年秋、再上京した露月は医術開業前期試験に合格し、ただちに帰郷。その折に子規たちは露月送別の句会を催した。この時期の作として、年譜は掲句を引く。また、露月の弟子の加藤蒓江《じゅんこう》は、子規の露月送別の辞を引きながらこう記す。

早く失意の郷に隠れ、失意の酒を飲み、失意の詩でも作って奥羽に呼号せんとしたのが、

露月の本懐でもあったのである。明治二十八年頃の句に

末枯や暮雲平かに奥州路

というのがあるが、何だか其頃の露月が偲ばれてならない。

（「石井露月の追憶」『俳句講座 第八巻』）

子規と別れ、暮雲平らかな奥州へ帰郷する露月。蒓江が察したように、露月はその心境を「末枯」というわびしげな季語に託した。

掲句を含め「雲の峯奥州五十四郡なり（明治二十八年）」「奥州の秋の并松《なみまつ》雨暗し（同）」「稲妻の奥州山河五十四郡（明治二十九年）」「風やむで秋の奥州日は暮れぬ（同、「やむで」は止んで）」「酒許せ奥州の春猶さむし（明治三十年）」「古の奥州路なり秋の風（明治三十二年）」など、「奥州」を詠んだ句はおしなべて上京中の作だ。露月は「奥州」という語に望郷の思いを籠めたのだろう。ここでいう「奥州」は広く東北地方を意味するものと思われる。

出羽出身の露月は「行春を出羽とあるなり笠の文字（明治二十八年）」「夏ころも奥の山越え出羽の海（同）」「蟬なくや右は奥州左出羽（同）」「早稲の香や出羽街道は鶏の声（明治二十九年）」「紅葉せり出羽奥州の峯つゞき（同）」など、「奥州」と区別して「出羽」を詠んだ。また、俳論では、

東北地方の風土を踏まえた句風を「奥羽調」と称した。

盛岡出身の俳人山口青邨《せいそん》は「みちのくの如く寒しや十三夜」「みちのくの町はいぶせき氷柱かな」「みちのくの雪深ければ雪女郎」「みちのくの青きばかりに白き餅」「みちのくの淋代《さびしろ》の浜若布《わかめ》寄す」「みちのくの鮭は醜し吾もみちのく」「みちのくのつたなきさがの案山子《かかし》かな」などと詠んだ。東大教授として東京で暮らした青邨にとって、望郷のキーワードは「みちのく」だった。

露月は「みちのく」という語彙は使っていない。喜んで漢語を用いると子規に評された露月は、「奥州」という重厚な響きを好んだのだろう。

材木や米代川《よねしろがわ》の秋の風

明治三十一年。医師の試験に合格し、いったん秋田に帰郷した折、能代《のしろ》に遊んでの作。米代川の河口にある能代の町は木材産業で知られる。以下、露月門の俳人戸澤撲天鵬《ぼくてんほう》の鑑賞を引く。

露月は秋風を好んだ。秋風というものに深く深くはいって行った。そして俳人は一生涯秋風を詠じているだけでよいではないか、季題を広く詠むことを誇りとするのは当らないとも言った。露月句集に秋風が四十句もある。実はもっと沢山あったのであろう。

秋田杉はおよそ天下に有名なものであるが、其本場が「俳星《はいせい》」の発祥地、能代に近い大館方面の山々である。米代川は其山中に源を発して紆余曲折を経て能代港に注ぐ。能代には東洋第一の称を縦《ほしい》ままにする製材会社がある。自然米代川にはいつも流木が絶えないし、岸には生々しい巨木巨材が山と積まれている。こうした由来情景をバックにして此句を詠むと、一層秋風の趣きが身に添うて来る。

（「俳句研究」昭和十四年五月号）

横手出身の撲天鵬が詳細に鑑賞しているが、じっさいの情景を知らなくても「材木や米代川の秋の風」という文字を読んだだけで、広々とした河口に材木が浮かぶ情景が想像できる。かつては「米白川」と呼ばれたという「米代川」は、その名前を聞いただけでも、いかにも豊かな土地を流れているような印象がある。米代川と材木の取り合わせは、ある意味、当たり前。そこに「秋の風」をつけただけだ。身も蓋もない句ともいえるが、「秋風や米代川の材木に」と比べると、「材木や米代川の秋の風」の素晴らしさがわかると思う。「材木や」という上五が大らかで心地よい。「米代川の秋の風」といったことで、米代川の広々した水面を吹き渡る秋風が感じられる。鑑賞文に「こうした由来情景をバックにして此句を詠むと」とあるが、この「詠む」は、「読む」ではなく、声に出して朗詠するという意味だ。

俳人の名和三幹竹《なわさんかんちく》もこんなことを書いている。

露月翁が「誰か一生秋風の句ばかり作る人がないか」と云う意味のことを述べられたことがあるが、今の世の中にはそんな人は求められないだろう。

（「懸葵」昭和三年十一月号）

その露月が秋風を詠んだ句を引く。

稀に見る玫瑰《はまなす》の実や秋の風（明治三十八年）

ハマナスの実も秋の季語だが、句の中心は「秋の風」だ。稀にハマナスに実がなっているのを見かける。「稀にしか見ない」ではなく「稀に見る」とあるので、ハマナスの実はしっかりと見えている。秋風の吹く淋しげな海辺の情景が想像される。

秋風に馳せ下りけり暮るゝ山（大正六年）

日の暮れかかった秋の山を、走るように下った。「思いを馳せる」という言い回しがあるが、「馳せ下りけり」とは、長い道のりを、心急かれる思いで駆け下ったのだ。

飴売も見てゐる壬生《みぶ》の念仏《ねぶつ》かな

明治三十二年。壬生の念仏とは、春に京都の壬生寺で行われる大念仏会。信者講中が面をかぶり、鉦・笛・太鼓に合わせて「壬生狂言」とよばれる無言劇を演じる。壬生寺の人出をあてこんだ行商の飴売も、たちどまって壬生狂言を見物している。

同年四月二十二日の日記に「煙村《えんそん》と壬生狂言、島原道中を見る」とある。前年に医師の試験に合格した露月は、京都でインターン生活を送った。医術修業のかたわら文芸雑誌を取り寄せたり、町を見物したり。「煙村」は、小説家で子規門の俳人だった小川煙村。

掲句は、壬生念仏の賑わいの中のふとした景を捉えた。飴売を生業として壬生寺界隈の市井に暮らす人物の境涯が想像される。虚子もこれと似た趣向の句を詠んでいる。

万才の佇《たたず》み見るは紙芝居　虚子（昭和十五年）

万才は新年を祝福する門付芸人。その万才の男たちがたたずんでいる。その界隈で子供相手に商売をしている紙芝居を見ているのだ。この句もまた正月の景でありながら、万才や紙芝居を渡世とする人々の境涯が想像される。
露月の詠んだ壬生狂言の句を拾う。

日は遅き壬生狂言の舞台かな (明治三十二年)

春の午後のいつまでも明るいことを「遅き日」という。その遅き日に、いつまでも壬生狂言が演じられている。

菜の花に物売る店や壬生念仏 (同)

壬生寺の界隈に菜の花が咲いている。壬生狂言の時期には物を売る店が出る。

島原は菜の花ぐもり壬生念仏 (同)

壬生狂言の頃、京都の遊郭の島原は菜の花ぐもりの空模様だ。

壬生寺に狂言はてし雲雀かな (同)

壬生狂言が終って帰る道。まだ明るくて、雲雀が鳴いている。

遅き日や壬生の舞台の片明り (明治三十五年)

春の日永の西に傾きかけた日が、壬生狂言の舞台を片側から照らしている。

踊見て壬生から戻る日永かな (同)

壬生の踊を見て帰る道は、春の日永でまだまだ明るい。

いずれも駘蕩《たいとう》たる春の気分が感じられる。

「日永」「遅日」「菜の花」「雲雀」は春の季語。「壬生狂言」や「壬生踊」と季節が重なるが、句の中心は「壬生狂言」や「壬生踊」だ。明治三十五年の句は、明治三十二年に見た壬生狂言の記憶をもとに詠んだものか。

狗《いぬ》ころと和尚と似たり夕すゞみ

明治三十二年。和尚さんを「狗ころ」扱いした茶目っ気のある句だ。そのへんの犬と和尚とが似ている。どこがどう似ているのか知れないが、のんびりと夕涼みをしている。馴染みの寺の親しみやすい、人懐っこい坊さんを想像する。

前書に「愚庵《ぐあん》」とあるのは、歌人として知られる禅僧天田《あまだ》愚庵。京都滞在中の露月に宛てた明治三十二年六月一日付の子規の手紙に「別紙名刺差上置候処御ひまに愚庵御尋可被成候　清水三丁目にて清水の横町に候　趣味上に悟れぬ坊様と御承知の上御面晤可被下候」とある。露月は子規の紹介で愚庵を訪ねたのだろう。

愚庵は、虚子の小説に次のように紹介されている。

維新の戦乱に母と妹とが生死不明になってしまった其行方を何十年かの間探したが遂に見当らなかった其れが動機となって中年から天竜寺の峨山《がざん》和尚の鉗鎚《けんつい》下に僧となった人であっ

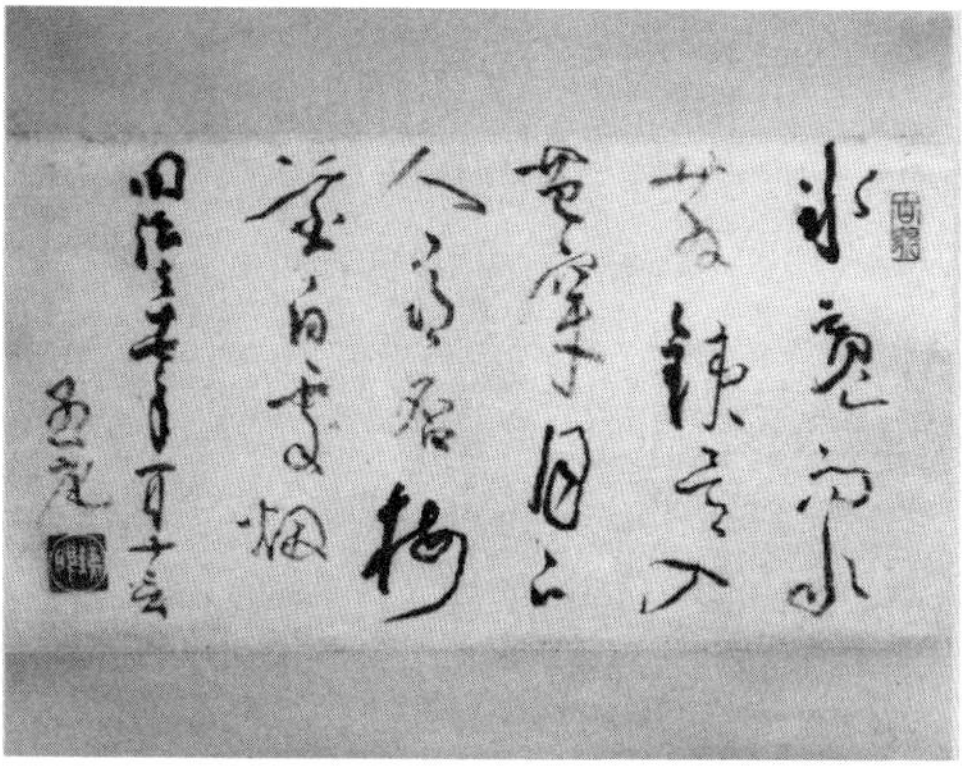

天田愚庵の遺偈（いわきデジタルミュージアム提供、いわき市）

た。主人（注、子規）は既に数年前から交遊があったのであるが、此禅僧も主人と同じく肺を病んでいる上に万葉調の歌をよくし又書に巧であった。俳句は作らなかったが、其等の関係から互に推重して何かにつけて贈答を怠らなかったのであった。

（「柿二つ」）

愚庵に「起きて居れば膝にかきなで寝る時は枕をさらずはしき犬ころ（起きているときは膝にのせて撫でまわし、寝ているときは枕のそばに置いておく、可愛い犬ころよ）」という短歌がある。明治三十二年、愚庵四十四歳の作。愚庵には愛蔵の趣味品がいろいろあって、ことに木彫りの犬を愛玩したという（湯本喜作『歌人 愚庵』）。「趣味上に悟れぬ坊様」とはこのことか。

露月は、愚庵と木彫りの犬を見比べ、「狗ころと和尚と似たり」と詠んだのだろう。ただし愚庵その人は「鼻隆く眉濃

天田愚庵（いわき市教育委員会提供）

くして眼光人を射る」（相馬御風『曙覧と愚庵』）という容貌だった。

厳氷を砕くが如き響かな（明治三十七年）

「愚庵遺偈《ゆいげ》をよむ」と前書。明治三十七年一月に没した愚庵は、死の四日前「氷塊水に向かって散じ／鉄骨苔に入りて穿つ／月下人尋ぬるや否や／梅花白き処に烟る」という遺偈を残した。露月の「厳氷を砕くが如き」は「氷塊水に向かって散じ」を踏まえての吟だろうか。

皆曰く是より遠し秋の風

明治三十二年。惜別の句だ。送る者と送られる者が皆口々に「これからお互いに遠くなることだ」という。送られる者は秋の風に吹かれて去ってゆく。簡潔ゆえ思いの深さが伝わる句であり、離別・送別の句として普遍的な作となっている。

この句は、十月二十三日に催された子規、虚子、河東碧梧桐たちによる露月送別会での作。露月は二十六歳。「柚味噌《ゆみそ》会」と名づけられたこの会の記録のなかで、子規は露月のことを「秋田の片田舎に怪しき物あり。名づけて露月という。混沌の孫、失意の子なり。この子、初め東都に出て文を学んで成らず怏々《おうおう》として郷里に帰る。再び東都に出でて医を学ぶ。僅に試験に及第して京都に遊ぶ事六ケ月、今や山々の紅葉、錦衣を染むるの頃、医療機械を載せて再び郷里に帰らんとす」と記している。

文学を志して上京した露月は、友人の友人である藤野古白《こはく》（子規の従弟。後にピストル自殺）の紹介で子規に兄事した。子規は公私にわたって露月の面倒を見た。脊椎カリエスで余命の短いことを自覚していた子規は、自分の文学の仕事を継承する人材を切望していた。その筆頭が虚子だったが、虚子は明治二十八年の「道灌山事件《どうかんやま》」（子規が虚子に後継者たることを要請し、それを虚子が辞退した出来事）で子規を落胆させた。虚子と同様、有望な後進と目されていた露月もまた、医師に転身したことで子規を失望させたのだ。

「柚味噌会」の記で子規は露月にこう呼びかけた。――文学に志して自分のもとに現れたお前に期待し、記者の職を与えたが、病を得て帰郷した。文学に志す者の末路はこうかと思ったが、今度は医師を志して再び上京した。本当に医師になれるのかと心配したが、見事故郷に錦を飾ることになった。自分も涙が出るほど嬉しい。お前も得意だろう。だが考えてもみたまえ。お前にとって余技となった文学は後世に作品が伝わるかもしれない。職業である医師においてはまだ無名だ。医師に転じたことに対し、多少の慚愧がないはずはない。（「柚味噌会」「ホトトギス」明治三十二年十一月号。要約しつつ引用）――子規の露月に対する愛情と、有望な後進が去ってゆくことに対する「失意」が感じられる。

露月が秋田の偉人として今も尊敬されているのは、医師として、村のリーダーとして地域に貢献した彼の生き方のゆえだが、上京して文学者となる夢を捨てたことは「失意」だったに違いない。医師と俳人の二足の草鞋をはくことになった露月に対し、子規は「如かず疾く失意の郷に隠往れ、失意の酒を飲み、失意の詩を作りて以て奥羽に呼号せんには。而して後に詩境益進まん。往け」という言葉を贈って「柚味噌会」の記を擱筆《かくひつ》した。

子規門の同輩であった虚子と碧梧桐は子規の死後、中央俳壇にあって近代俳句史の主役となっていった。いっぽう露月は秋田で医師をしながら独自の句境を切り拓いた。「皆曰く是より遠し秋の風」は、露月が露月となるための覚悟の句だった。

吊したる雉子《きぎす》に遅き日脚かな

明治三十四年。日脚とは、太陽が空を移るに伴って移ってゆく日の光のこと。「遅き日脚」とは、日の光がいつまでも移ることなく、ずっと昼が続いているような感じだ。「雉子」（キジ）も春の季語だが、『露月句集』は、この句を「遅日」（春）の句とする。

撃たれた雉が吊るされている。死んだ雉はもはや生物としての時間を失い、静止状態のモノとなっている。その雉がずっとそこにあり続けるかのごとく、時間の止まったような春の昼がいつまでも続く。精巧に描かれた静物画を見続けているような心地がする。

若草の妻とこもりて雉子きく（明治三十六年）

「若草の」は「妻」にかかる枕詞。古今集に「春日野は今日はな焼きそ若草の妻もこもれり我もこもれり（春日野の野守よ、今日は野焼きをしないでほしい。若妻と私が野に籠って遊んでいるのだから）」という歌がある。

露月の句も、春の若草のような妻という心持だ。雉も含め、句全体に春の気分が横溢《おういつ》する。露月が結婚したのは明治三十四年。露月も妻も若い。うららかな春、若妻と家にいると雉の鳴く声が聞こえる。雉は求愛のために鳴く。この句は露月の妻恋の句だ。「遅き日脚」は時間の経過だが、「妻とこもりて雉子きく」にも、ゆったりとした時間の流れがある。

以下、時の経過を感じさせる句を拾う。

月の暈《かさ》牡丹くづるゝ夜なりけり（明治三十七年）

月に暈がかかる、水蒸気の多い夜だ。盛りを過ぎた牡丹は花びらがこぼれ、花が崩れてゆくところ。牡丹はこんな夜に崩れる。「牡丹くづるゝ」ははたして眼前の景だろうか。「牡丹くづるゝ夜なりけり」とは、今夜は牡丹が崩れる夜だという意味。月に暈がかかったこんな夜に、あちらこちらの牡丹が崩れるさまを脳裡に描いているのかもしれない。「くづるゝ」という言葉は、山が崩れたり、何かが煮崩れたり、ある程度のボリュームがあるものに対して用いる。花はふつう、散ったりこぼれたりするが、牡丹や薔薇のような花には「くづるゝ」という言い方がよく合う。

「牡丹くづるゝ」はいっときの出来事だ。しかし「月の暈」と「夜なりけり」があるので、句の中では、静かな月夜の時間が続いているような感じがする。

菊畑に物の落葉の乾きけり（大正九年）

「物の落葉の乾きけり」とは、そのへんのいろいろな木の葉が吹かれてきたものが、日和続きで乾き切っている。菊は咲いているが、よく手入された菊畑ではなく、花はすがれ、雑然と落葉が散らばっている。そんなさまを眺めていると、その菊畑を過ぎ去っていった月日が思われる。

物云へば共に愚にして涼し

明治三十四年。「共に」とあるので、そこに二人の人がいる。二人は何か物を言っている。何の話かわからないが、互いに話していると、どうやら「共に愚」な人間であるようだ。しかもその「共に愚」であることが「涼し」いのだという。この「涼し」は、たんに暑さに対する涼しさではなく、気持のうえで涼しいのだ。

風生《ふうせい》と死の話して涼しさよ　虚子（昭和三十二年）

八十三歳の虚子と七十二歳の富安風生が死について話している。この「涼しさ」も、たんに風通しがよくて涼しいという感覚的な涼しさにとどまらない。心の中を涼風が吹き抜けてゆくような、心理的な涼しさだ。「共に愚にして涼し」も、お互いの愚かさをそのままに認め合うことから来るすがすがしい心持ちを「涼し」といったのだろう。

前書に「新婚」とある。露月は明治三十四年六月に結婚。露月二十八歳。妻二十歳。「共に愚」は新妻に対する優しい物言いだ。

瓜茄子ころがり合へる縁かな（明治三十四年）

も「新婚」の句。新郎新婦のどちらが瓜でどちらが茄子か。結婚の翌月、子規からの手紙にあった祝句は「茄子臭き南瓜くさき契哉」だった。子規の句は、露月に対し、おまえは瓜ではなくて南瓜だろうと言っているようだ。

以下、露月が妻を詠んだ句を引く。

草餅に妻が知らざる苦吟哉（明治三十九年）

草餅を句に詠もうと苦吟する露月。句が出来るまでは、草餅はおあずけだ。俳句を嗜まない妻は苦吟の辛さを知らず、気楽に草餅を食べている。

菜園に我妻見たり綿帽子（同）

菜園にいる妻は綿帽子を被っている。ここでは防寒用だが、花嫁だった妻の姿を連想する。

父も母も牡丹散りしを知らざりき（大正十二年）

長男菊夫《きくお》を亡くしたときの作。菊夫が生まれたとき露月は「炉開《ろびらき》に妻は男の子を生めり（明治三十五年）」と詠んだ。炉を開く頃である十一月に生まれたのだ。「父も母も」とは、子を亡くした父母すなわち露月夫妻。新婚のとき「共に愚にして涼し」と詠んだ露月夫妻は、二十歳で亡くなった愛息の死をともに悲しんでいる。

帰りつけば妻は大根引きて居り（昭和二年）

子規の墓参を含む十日余りの旅から帰ってくると、妻は庭の畑で大根を引いていた。

厨《くりや》なる古妻遠し筆はしめ（昭和三年）

露月五十四歳。妻は四十六歳。書斎で正月から机に向かって筆始をする露月。妻は厨にいる。同じ家にいながらそれぞれの居場所にいる銀婚過ぎの夫婦。その距離感を「遠し」と詠んだ。

山見れば眠れり君は在らずして

明治三十四年。倒置法が用いられている。ふつうの語順の散文に直すと「君は在らずして、山を見れば山は眠れり」となる。「君在らず」と思って山を見ると、その山はすでに眠るがごとき冬の山だった。「山眠る」は冬の季語。「君は在らず」とは生別か死別か知れないが、とにかく「君」なる人物はそこにいない。

「山見れば眠れり」は「山眠る」といえば足りる。「君は在らずして」の「して」も緩い。この句は言葉が水増し気味だ。そのぶん情報量が少ない。このことは句の弱みともなり得るが、この句の場合、情報量の少なさが魅力だ。漠然とした句であるがゆえに、読者は自分自身の思いを句に投影しやすい。亡くなった人を哀惜する句と思ってもよいし、去っていった恋人を追慕する句と思ってもよい。この句は『明治句集』（明治四十一年）、『新纂俳句大全』（昭和四年）などいくつかのアンソロジーに収録されている。

露月には子を亡くしたときの句を含め、人の不在や離別を詠んだ印象深い作品がある。

人山に入りて返らぬ日永かな（明治三十七年）

人が山に入ったまま帰って来ない。遭難か。たんに山に長く居るだけなのか。「日永」という季語の気分からすると、いつまでも山仕事を続けているという解釈が素直だろう。舟山一郎「雄和の歳時記」（『雄和に生きる』所収）には「樹木《きぎ》の芽がふくらむころには、柴伐りの人たちが、野山にどっと入り込んだ」とあって、この句が引かれている。「雄和の歳時記」の筆者は、日が永いので山仕事をする人がなかなか帰って来ない、と解したのだ。

これと似た句に「人山に入りて帰らず閑古鳥　柿紅」がある（「卯杖」七月、明治三十六年）。ある人の追悼句会に出された。「人山に入りて帰らず」は故人を惜別しているのだろう。これと同様に解するならば、「人山に入りて返らぬ日永かな」は、春の日永を故人はいつまでも帰って来ないという淋しい意味になる。

人とりしなだれの雪の残りけり（明治四十年）

人の命を奪った雪崩の雪が春になっても残っている。故人は春になっても帰って来ない。

葉桜や逢はまく思ふ人遠き（大正七年）

「北涯《ほくがい》病中五工《ごこう》に寄す」と前書。北涯の病気を心配する気持を、北涯と親しい五工に伝えた句だ。佐々木北涯、島田五工（のちの五空《ごくう》）とも秋田の俳人。露月にとって俳誌「俳星」の仲間だった。

人遠き思ひ夜寒に朝寒に（大正十三年）

朝夕に寒さを感じる晩秋は「人遠き思ひ」がする。「山見れば眠れり君はあらずして」と同様、死別や生別のみならず、去っていった恋人への追慕など、いろいろな読み方ができる。ただしこの句には「悼由利由人《ゆじん》」と前書がある。子規門の俳人の由人への弔句だ。

洋服に足駄は寒し小役人

明治三十四年。川柳に「洋服に足駄を穿いた見苦しさ」（『古今川柳三千題』明治三十二年）があり、「へなぶり」（流行語で新趣向を詠じた狂歌の一種。明治三十七～八年頃流行）に「洋服に足駄みじめな腰弁や両景橋に雨しとゝ降る　青二才」（「専売協会誌」大正十一年十月）がある。この狂歌は読者投稿欄の入選作だ。

穿ちや諷刺を本領とする川柳や狂歌は、「洋服に足駄」の人物を「見苦し」「みじめな腰弁」と突き放す。いっぽう露月は「洋服に足駄は寒し」と詠む。「洋服に足駄」はたしかに見苦しい。しかしそこに同情がある。しかたなくそういう身なりをしているのだろう、冬にその恰好は寒いだろう、ご苦労さま、懐中も寒いのだろうか、と。冬の季語の「寒し」には、「小役人」の境涯を思う露月の人情が感じられる。

明治二十四年、露月は十八歳のとき、一週間だけ尋常小学校の准教員であったことがある。以下はそのときの思い出だ。

此日、文部省の役人椿某というが秋田県に出張されたのを我が教育会の人々が会を中止して町はずれにお出迎えするのであった、我輩も列に洩れず、人の後ろに立って見ていた、やがて人力車轔々一行十余人が意気揚々と通る、会員連中は一斉に頭をさげる、我輩は頭を下げなかったけれども身長の低い我輩が人の後ろに居る事とて、敢て異を樹《た》てたとは見えぬのであった。よしや異を樹てたからとて四尺九寸の一少年、月俸五円の准教員に対して誰が一瞥の注意を払うものぞ、而も這《こ》の一少年、青雲の志が炎々と燃えつつあって、文部省の役人などに頭を下げることを屑《いさぎよ》しとせぬものたるを知ったものは絶えてなかった。

（『蜩を聴きつゝ』）

政府のお偉方にお辞儀をしなかったという露月少年のささやかな武勇談だ。露月の文章は朴訥ながら、しばしば巧まざるユーモアが漂う。

村会や役人にすゝむ芋一盆（明治二十九年）

文部省の高官に対し反骨精神を発揮した露月は「役人」の実態をよく知っていたのだろう。

野菊咲いて税吏至らぬ里もなし（大正五年）

納めるべき年貢の高を決めるために収穫期の田畑を見回ったかつての「毛見」と同様、「税吏」

もまた徴税や調査のため、野菊の咲く道をやって来る。

白雲一片鯊釣《はぜ》を見ぬ里もなし （明治四十五年）

「税吏至らぬ里もなし」が「鯊釣を見ぬ里もなし」のパロディだとすると楽しい。「白雲一片」と「野菊咲いて」はともに爽やかな秋の気分。「鯊釣を見ぬ里もなし」と「税吏至らぬ里もなし」は対照的。「洋服に足駄は寒し小役人」といい「野菊咲いて税吏至らぬ里もなし」といい、露月は無風流な句を平然と詠んだ。

家に居る東方朔《とうぼうさく》や田螺和《たにしあえ》

明治三十五年。「東方朔」は「中国前漢時代の文人。仙女西王母のもつ不老不死の桃（仙桃）を食べ、仙術を身に付け武帝に仕えた」（「文化遺産オンライン」）。漢詩や漢史に取材した句が露月の一つの特徴であることは、子規が指摘したところ。露月の漢文好きは小学校の恩師の影響だという（福田清人『俳人石井露月の生涯』）。

「家に居る東方朔」をどう解するか。東方朔は仙人のような不思議な人物。そんな人物でも自宅にいるときは田螺和のような、ひなびたものを食しているというのか。あるいは、東方朔が居候として我が家に居ついてしまった。しかたがないので田螺和を食わせたというのか。東方朔の絵や像が、縁起物として家の中にあるという解釈もあり得よう。

田螺は俳諧味のある季語で、露月は好んで詠んだ。

泥を出て田螺見てゐる山の雲（明治三十二年）

泥から出て来た田螺がはるか遠くの山に浮かぶ雲を眺めている。

田螺売だまされてゐる都かな（明治三十五年）
田螺を採って売る田螺売は田舎の人だ。田螺を売りに都に上ったものの、こすっからい都の人に騙されてしまった。

二三十の目高に田螺一つかな（大正十一年）
水面の近くを泳ぐ目高がざっと見に二三十匹。水の底には田螺が一つ。目高と田螺とでは生息する個体の数や密度が違う。にぎやかに群れる目高と対照的に、田螺は孤独だ。

田の水の饒《ゆた》かなるまゝ田螺在り（大正十四年）
田螺もいて実り豊かな田んぼだ。
田螺について、露月は以下のように記している。

田螺を拾う小女は、脛を露わに田の中をありく。田螺は暖かな日には殻諸共泥の上に出て心寛く體胖《のびや》か也の態度を取っているが、それほど暖かでない日には殻は泥の中に埋めて、門扉をすこし開けているのみだ。注意して見ても只泥の裂け目としか見えぬので、無心の小供などは何も拾えずに田螺に笑われることである。泥鰌《どじょう》堀は男の子である。同じ処を、日を変えて幾人も幾人も掘る、それでも一疋二疋なりが捕れるから妙だ。泥鰌は田螺よりも愚である。

（『蜩を聴きつゝ』）

春浅し鉄砲ひゞく田螺の戸（大正八年）

「田螺の戸」とは、さきほどの「門扉をすこし開けている」の門扉すなわち巻貝の蓋のこと。鉄砲は猟銃だろう。一般に猟期は春先までだ。早春の冷たい水の中で「戸」を閉ざした田螺に、鉄砲の音が響く。一見まじめそうな句だが、鉄砲が「田螺の戸」に響くという発想には滑稽味がある。

手のひらの子雀飛ばす春の風

明治三十五年。春風の吹く中、手のひらに載せた雀の子を飛ばす。慈愛と好奇心が感じられる。
以下、撲天鵬の鑑賞を引く。

巣雀をとって来て育てた少年時を回想してほほえまれる句である。籠の戸を明けるとたどたどしい羽ばたきで出て来て、手を出せばためらわず手のひらに載る。少し高く手をあげて急におろすと、子雀がびっくりして一尺飛ぶ。

誰もが経験しているのであるが、それを露月山人、南瓜道人もやったのかと思うと、尚更ほほえましくなるのである。

（「俳句研究」昭和十四年五月号）

以下、生きものの子を詠んだ露月の句を引く。

呼びかはす雀の親子哀しくも（明治三十四年）

「哀し」という直截な情感の表出は、俳句では禁じ手に近い。にもかかわらず、露月の句の場合、どこか純情なところに惹かれる。

浜草に踏めば踏まるゝ雀の子　原石鼎（大正三年）

が思い出されるが、石鼎の「踏めば踏まるゝ」には少し残酷な気持が覗く。

鹿の子の露涼しげにねぶりけり（明治三十五年）

鹿の子が草の露を舐めている。「ねぶりけり」に生き生きとした感じがある。

迷ひ行く鹿の子や神にみちびかれ（同）

さ迷いゆく鹿の子の進む向きに神意を感じた。神域の鹿だろうか。

百合高く鹿の子小さく画きけり（同）

絵の中の景だ。百合の花は高々と描かれ、その向うに鹿の子が小さく描かれている。

草の香に折ふし咽《むせ》ぶ鹿子哉（明治三十七年）

草を食うことにまだ馴れていないのか。鹿の子はときどき咽ぶような様子だ。「折ふし」とあるのは、しばしの間、作者が鹿の子を見ていたのだろう。

神木の露に驚く鹿子かな（同）

頭上の神木から降って来た露に、鹿の子がハッと驚いた。

老一人留守居燕子慈々と鳴く（大正十二年）

年寄りが一人で留守番をしている。その家に巣があって燕の子が鳴く。キイキイと餌をねだる。その軋むような声が年寄りの耳には「慈々」と聞こえる。慈悲、慈愛の「慈」だ。

はしきやし雀子は巣に籠りゐる（昭和二年）

「はしきやし」は、いとおしい、という意味。万葉集の相聞に用いる「はしきやし」を、露月は、巣に籠る雀の子に用いた。

洪水に吾が立つ丘や雲の峰

明治三十五年。洪水だ。向こうに雲の峰が見える。「吾」は丘に立って洪水を見下ろしている。奇妙に明るい情景だ。

『露月句集』に「壬寅七月、雄物川《おものがわ》、水大に漲《みなぎ》る。二三子と米女鬼嶽に上り之を観る。因に雲の峰二十句を作る」とある。「壬寅」は明治三十五年。句の情景があまりに鮮明なので、理想化された光景のように見えるが、実景だ。以下「雲の峰二十句」から引く。

氾濫の水吹く風や雲の峰

氾濫した水面を風が吹き渡る。その背後に雲の峰が立つ。

雲の峰水漲つて音もなし

この句だけでは洪水かどうか判然としない。ただ満々と湛えた水が眼前にあるばかり。その漲った水の静謐さを「音もなし」といった。

雲の峰洪水の音遠きより

遠いところから響く洪水の不穏な音。

洪水の老樹に激す雲の峰

氾濫した水が老木にぶつかるように流れてゆく。

洪水をかぎる木立や雲の峰

「かぎる」は「限る」。洪水の水面から立つ木々が、水面を区切っているように見える。

洪水の野にひた〳〵と雲の峰

広々とした野に洪水がひたひたと押し寄せる。

洪水や日たゝゆるがぬ雲の峰

洪水だが、空は晴れている。地上の洪水と無関係に、日輪はただ揺るがぬさまに輝いている。どの句も、洪水の向こうに超然と雲の峰が立つ。水禍のさなか、青空に輝かしく聳《そび》える雲の峰の姿は、自然の持つ一種の冷厳さを感じさせる。

虚子に「大海のうしほはあれど旱《ひでり》かな（明治三十七年）」がある。海は満々と湛えているが、陸地は旱魃《かんばつ》に苦しんでいる。この虚子の句と同様、洪水と雲の峰を取り合わせた露月の句にも自然の無慈悲さを感じる。同時に、自然の威容をまのあたりにした作者の高揚感も伝わって来る。

雄物川には史上幾度も激甚な水害があったが、明治三十五年の洪水は歴史に残るほどではなかった。それゆえ「二三子と米女鬼嶽に上り之を観る」ことも可能だったのだろう。

「雲の峰」は芭蕉の「雲の峰幾つ崩て月の山」の頃から夏の季語だ。梅雨どきの洪水を意味する「出水」も夏の季語だが、露月は「洪水」という普通の言葉を用いた。なお、古い歳時記には「出水」を採録していないものもある（例えば明治四十二年刊の中谷無涯編『新脩歳時記』）。

月明の清きに耐へず桐一葉

明治三十五年。月光が清らかにさしている。その清らかさに耐えかねるように、桐の葉がひらりと落ちた。「桐一葉」が初秋の季語だ。

伊藤義一は、子規の死の直後に出た「俳星」にこの句が掲載された経緯を踏まえ、この句が子規への追悼だと推測する（『天地蒼々』他）。そう思って読むと「月明の清きに耐へず桐一葉」にはたしかに追悼句らしい雰囲気がある。また工藤一紘は、子規の死を詠んだ虚子の句「子規逝くや十七日の月明に」を引きながら、以下の場面を描出した。


十七夜は穏やかに眠るように生涯を閉じた子規への挽歌だと露月は思った。

露月は手元の句帳に「明治三十五年九月十九日午前一時　正岡子規先生逝く」と書き一句を献じた。

（『小説・露月と子規』）

小説の一場面だが、虚子の句に唱和するかのように、露月が「月明の清きに耐へず」と詠んだという設定は魅力的だ。たしかに、露月の句で「月明」という語彙を用いたものは他にない。

子規の没後、いくつかの俳誌が子規を追悼した。そこに発表された追悼句には「月暗く悲しや秋の子規　四明」「法の灯も悲しき月の名残かな　月兎」「天に月棚に三句の糸瓜かな　烏不関」など月を詠み込んだ句がある（亀田小蛄『子規時代の人々』）。子規の死が月夜だったという事実は俳壇に流布していたのだろう。いっぽう露月の公然たる子規追悼の句は「草花をよしとよく見て描かれし（草花を好み、よく観察して描く、そんな子規居士だった）」というものだ（亀田同前）。

静さに堪へて水澄むたにしかな　蕪村

静けさに耐えるように、田螺は澄んだ水にいる。

「〇〇に堪へて（堪へず）」は一つのパターンだ。この言い回しを用いた句を、露月も詠んでいる。

新涼に堪へず魚飛ぶ頻なり（明治三十八年）

初秋の涼気に耐えかねたように、魚がしきりに跳ね飛ぶ。

沢水の疾きに堪へて蕗の薹（大正六年）

流れの速さに耐えるように、蕗の薹が顔を出した。

月光に堪へて桐の葉の音もなし（大正七年）

新涼に堪へて言ひつぐ神話哉（大正八年）

初秋の涼気に耐えながら、神話を語り継ぐ。

秋風に堪へて物いはず渡守（同）

秋風の淋しさに耐えるかのように、渡守は無言だ。

打寄する狭霧に堪へて虫の鳴く（大正十一年）

寄せて来る霧に耐えるように、虫が鳴く。

「月光に堪へて桐の葉の音もなし」と「月明の清きに耐へず桐一葉」は似ている。「月光に堪へて」の桐の葉は、月光に耐えるかのように、静かに枝にとどまっている。いっぽう「月明の清きに耐へず」の桐の葉は、清冽な月光に耐えきれずに散ってしまった。

もしかすると「月明の清きに耐へず桐一葉」は純然たる叙景として詠まれたが、それが亡き子規への思いにぴったりだったため、露月は心の中でその句を弔句とみなしたのかもしれない。

空山に納豆打つ音響きけり

明治三十五年。空山とはひと気のない、さびしい山。「納豆打つ」とは、納豆汁にするため、俎板《まないた》のうえで納豆を切ること。山家だろうか、山の中の寺だろうか。包丁で納豆を叩く音が、ひっそりとした山に響く。「納豆」「納豆汁」が冬の季語だ。

「空山」という言葉は漢詩に用いられる。一例として良寛の作を挙げる（東郷豊治編『良寛全集上巻』）。

空盂　　良寛

青天　寒雁　鳴き（青い空を、冬の雁が鳴いて渡る）
空山　木葉　飛ぶ（ひと気のない山は、落葉が舞い飛ぶ）
日暮　烟邨の路を（夕もやのかかった村の道を）
独り　空盂を掲げて帰る（貰いもののなかった、空の鉢をかかえて私は独りで帰庵する）

漱石の漢詩にも「空山寂々　人閑なる処（静かな山に、人が静かに住むところ）」という一節がある（松岡譲『漱石の漢詩』）。

「空山」は、漢詩では静寂、閑雅といった趣で用いられる。ところがこの句の場合、「空山」に響くのは、こともあろうに納豆汁をこしらえる音だ。漢詩風の真面目な空間であるはずの「空山」に、納豆を打つ卑俗な音が闖入する。そこにこの句の面白みがある。「空山に……響きけり」という格調高い文体と、「納豆打つ音」とのミスマッチが楽しい。

「納豆」あるいは「納豆汁」は俳諧味のある季語で、いろいろと愉快な句がある。

入道のよゝとまいりぬ納豆汁　蕪村

坊さんが、納豆汁を「よゝ」と召し上がった。その食欲の旺盛なことよ。

納豆たゝくこだまや四百八十寺　暁台

たくさんの寺がある京都。食事を作る頃になると、納豆を叩く音があちこちでこだまする。

「納豆汁」の俳諧味を理解していた露月には、こんな句もある。

納豆汁杓子に障る物もなし（明治三十五年）

納豆汁はすりつぶした納豆でつくる。当然、杓子に障るようなものがあるはずはない。この至極あたりまえのことを、真面目な調子で、何やら大発見のようにいったところに、とぼけた味わいがある。

納豆の寂寞として苞《つと》の中（同）

「寂寞」とは、ものさびしいさま、ひっそりとしたさま。藁苞の中の納豆は「寂寞として」いるのだろうか。納豆というものに同情を抱いてしみじみと見ていると、ふと「寂寞」という言葉が浮かんだ。この句自体より、このような句を詠む露月という人物に興味を惹かれる。

顔《かんば》せや日傘の中の日の匂ひ

明治三十六年。日ざしがきつい。日傘に熱がこもっているようだ。日傘をつかう婦人は化粧もしている。「日の匂ひ」とは、香水や化粧などの匂いも混じった、明るい夏の日の匂いだろう。上五の「顔せや」が鮮やかだ。美しい顔を見てハッとしたのだろう。「日傘」と「日」のヒの音の頭韻が心地よい。

以下、日傘を詠んだ露月の句を引く。

かちわたり磧《かわら》をありく日傘哉（明治三十六年）

「夏河を越すうれしさよ手に草履　蕪村」を思い出す。川を渡ってきて川原を歩いている若い娘か。「かちわたり」と「磧」はカの音が韻を踏んでいる。

日傘たゝめば木間もる日や顔に照る（同）

木陰で日傘をたたむ。木漏れ日が顔にさす。二つある「日」の字が響き合う。

梅黄《きば》む家の子供の日傘かな（大正十年）

梅の実が熟れて黄んでいる。その家の子が日傘をさして出て来た。年頃の少女だろうか。

日傘たゝみて水際に顔を並べをり（同）

少女ぶり日傘の色の濃《こまや》かに（同）

水辺に並んで日傘を畳み、川風に吹かれている。日傘の色の濃かなのも少女らしい。

日傘（日からかさ）は夏の季語。元禄時代の本にも出てくる（『図説俳句大歳時記』）。

江戸時代の例句には「夕陰や煎じ茶売りの日傘　一茶」や「僧正が野糞遊ばす日傘かな　同」がある。若い頃の子規の俳句の師だった大原其戎《きじゅう》には「杖よりも日傘をめでつひと日旅」がある。

こうした作例をみると、日傘を使うのは女性に限らなかったようだ。『図説俳句大歳時記』には「江戸や大阪で男の日傘をさすことが禁制になったこともある」「幕末になって大都市で婦人の日傘が多くなった」「明治三十年ごろ、男の夏の日傘には白の絢緞《けんどん》張が多かった。婦人持ち高級品には琥珀・緞子などを張り、令嬢形といって深張りが流行したが、これは顔が隠れるからであろう。少女用には縁に毛糸の飾りのふさをつけたりした」とある。

とはいえ、明治生まれの俳人が詠んだ「日傘さしてまねぶ嬌態艶姿かな　岡本松浜」「鈴の音のかすかにひゞく日傘かな　飯田蛇笏」などは、いかにも女性らしい感じだ。

日傘を詠んだ露月の句には、前掲のほか以下のようなものがある。

絵日傘の京には清き流あり　（明治三十二年）

絵日傘の似合う京には清い水の流れがある。

六月の草木照り合ふ日傘かな　（大正十年）

六月の日ざしに草や木が照り合う。その中をゆく日傘の人。

祇王寺《ぎおうじ》を離るゝ日傘一ツかな　（同）

祇王寺を離れてゆく人が一人。その日傘が一つ。

象潟《きさかた》の森の松かげ日傘見ゆ　（同）

象潟の森の松の陰に、日傘をさした人の姿が見える。

いずれも女性の日傘として鑑賞したい。

短夜のありのすさびも掃かれけり

明治三十六年。「ありのすさび」とは「あるにまかせて、特に気にせずにいること。生きているのに慣れて、なおざりにすること」。

まず「ありのすさび」の用例を見る。例えば「源氏物語」には「あるときはありのすさびにゝくかりきなくてぞ人はこひしかりける（生きてあるときは、なおざりな思いで憎んでいたが、亡くなってみると恋しく思われる）」という古歌が引かれている。

俳句では『俳句大観　夏之部』（明治三十六年七月）に「渋柿やありのすさびの花が咲　可布」が載っている。人間の都合からすれば、渋柿だから実らなくてもいいのだが、渋柿が「ありのすさび」で花を咲かせたというところに俳諧味を見出した。

「蕪村句集」（明治三十一年刊『俳諧文庫第十二巻』所収）には、

袷きて身は世にありのすさび哉　蕪村

がある。「衣服は一新しても、この身自体は相変わらずのありきたりのまま」（藤田真一・清登典子編『蕪村全句集』）という意味だ。この句は「蕪村遺稿講義」に取りあげられ、内藤鳴雪と虚子が評している。

鳴雪氏曰く、世にありのすさびは世の中に住んで居る、ということを巧みに言いまわした詞で古来から用いなれて居る。袷を着て我は世の中に生きながらえて居る身じゃというに過ぎぬ。裏には世の中に住んで居るが為には、矢張世間同様袷を着もせねばならぬ、と世のうるささをかこつ意味があるのであろう。

虚子氏曰く、ありのすさびは、言海などによると、ありてすさぶるに任ずることとあって、世のなりゆきに任すというような心持がある。この句も、袷を着る時分になれば袷を着て世のなりゆきにまかして居る身じゃという意味でしょう。（「ホトトギス」明治三十七年二月号）

久保田万太郎に「ゆく春やありのすさびのものおもひ（大正十一年）」がある。ただ生きているにまかせて晩春のもの憂い気分に浸っている。「ありのすさび」という言葉をしみじみと噛みしめると、おそらくはこの句のような気分だろう。

作例に見た通り「ありのすさび」は心の状態だ。物体ではない。にもかかわらず、露月の句は「ありのすさび」を、帚で掃かれる物体のように用いた。現実的に解釈するなら、短夜のありのすさびで俳句でも書きつけた紙切れが、翌朝、紙屑として掃かれたのだろうか。だとすれば「ありのすさび」は「筆のすさび」に等しい。

短い夏の夜には「夏の夜や崩て明し冷し物　芭蕉」のように、一時の興がはかなく過ぎ去っていくような気分がある。露月の句も、「ありのすさび」で何かに興じたときの気分が、夜明けとともに醒めてゆくときのむなしさを、メタファーのように「掃かれけり」と詠んだのかもしれない。「短夜のありのすさびも掃かれけり」……忘れ難い句だ。

蛇は穴に風落々《らくらく》と鳴にけり

明治三十六年。「蛇は穴に」は、秋になって蛇が穴に入ること。「落々」はまばらなさま、淋しいさま。蛇が穴に入った、そのあとを秋風が吹く。秋は、万物が陽から陰へ向かう季節。蛇をはじめ、生きものの活動はしだいに衰えてゆく。「風落々と鳴にけり」は、風の音を通じ、秋という季節のものの淋しさを感じている。

露月には、穴に入る蛇を詠んだ佳句が多い。

蛇穴に入るや彼岸の日は西へ（明治三十四年）

秋の彼岸だ。蛇もまた天地の運行に従って穴に入る。句の背景に大きな時空がある。「蛇穴に入るや彼岸の夕日影　梅枝」（「耕文雑誌」第七号、明治三十年）という句があるが、光だけを述べた「夕日影」よりも、空や日輪が見える「日は西へ」のほうが、句が大きい。子規には「蛇穴に入るや彼岸の鐘が鳴る（明治三十四年）」がある。子規の句は音の句、露月の句は景の句だ。

其糞奇也蛇穴に入らんとす（明治三十六年）

秋になり、出すべきものを出したら穴に入ろうとする蛇。「其糞奇也」という大仰な物言いに可笑しみを感じる。

「蛇穴に入る」に対応する季語が、春の「蛇穴を出づ」だ。「石暖かに蛇の出でたる気はひあり（明治三十一年）」など、露月は穴を出る蛇も句に詠んでいる。

『露月全句集』に「蛇穴を出づ」は二十一句ある。うち二十句が「蛇穴を出で孔子容れられず」「楚に囚はれ穴を出でたる蛇を見る」「国破れ蛇穴を出づ城春なり」など明治三十一年の作。ちなみに「蛇穴を出て見れば周の天下なり　虚子」も同じ年の作だ。佐藤紅緑編『滑稽俳句集』（明治三十四年）には、露月の「孔子」と虚子の「周の天下」がともに収録されている。

「蛇穴に入る」の句は十八句あり、すべて明治三十二年以降の作だ。例えば「蛇穴に入る頃草のにしきかな（明治三十四年）」「蛇穴に入れば松風蘿月《しょうふうらげつ》かな（同、「松風蘿月」は松風と蔓草から洩れる月光）」など。あるいは「婆娑と落つ物の葉や蛇穴に入る（明治三十六年）」は実景に即した作だ。「穴に入る蛇のまぼろしまんじゅさけ（同、「まんじゅさけ」は曼珠沙華）」は妖しさを漂わせる。子規の「蛇穴に入る時曼珠沙花赤し（明治三十年）」を踏まえた句かもしれない。「蛇穴を出づ」より「蛇穴に入る」のほうが、深みのある句が多い。

露月が医師への転身を決めたのは明治二十八年。医院開業は明治三十二年。深読みをするならば、穴を出る春の蛇を詠んだ「穴を出でし蛇に悔あり寒き雨（明治三十一年）」は、医師をめざして苦闘する自身の姿を投影しているかのようだ。

いっぽう、穴に入る秋の蛇、例えば「蛇穴に入ると喩へて帰省哉（明治三十七年）」は帰郷した露月自身のようでもある。秋田に腰を据えた露月の詠む秋の蛇の句には、自然の息吹が感じられ、句に奥行きがましている。「蛇は穴に風落々と鳴りにけり」に漂うもの淋しさは、東京の俳壇から身を引いた露月の、かすかな悔恨だろうか。

野路の梅耕すは我が徒《ともがら》よ

明治三十七年。「野路の梅」でいったん切って読む。「野路」は野中の道。道ばたに梅が咲いている。そのあたりの田畑を耕す人々は皆、わが仲間だ。「徒よ」の「よ」は、仲間たちよという呼びかけの気持だろう。「梅」と「耕す」が春の季語。この句には以下の鑑賞がある。

（略）正岡子規に東京にて直接師事し、高弟であった当町の俳人石井露月に次のような句がある。「鶯の来なくも知らず畑に在り」「野路の梅耕すは我が徒よ」自然の山河が、常に身辺にあれば、あるがままにとて風流を解する暇もなく、春ののどかな山村で鶯の鳴く音をよそにまた梅の花を賞ることもなく、農夫は鍬《くわ》をもって一生懸命作業に精を出している姿の描写だと思う。

（秋田県・雄和町農協組合長石井作郎「組合長日記」、「農業協同組合」昭和六十三年六月号）

この句の梅は庭ではなく、野路の梅だ。鑑賞にある通り、耕す人は梅など眼中にない。耕しながらいっしんに見ているのは畑の土だ。

以下、農村に暮らした露月らしい句を引く。

鋤鍬《すき》に其処《そのところ》あり雑煮食ふ（明治四十一年）

雑煮を食う。ともに働いた鋤や鍬もそれぞれの場所にあって正月を迎える。

土膨るゝと見て畑打つ力かな（大正三年）

打ち返した土がほっこりと膨らむのを見ながら、力を込めて畑を耕す。「畑打つ」が春の季語。

耕人の目に鳥海の雪かすむ（大正五年）

「耕人」とは田畑を耕す人。残雪や霞も春の季語だ。耕しながら目を上げれば、雪の残る鳥海山がはるかに霞んで見える。

冬枯や尚鍬下ろす土の友（同）

冬の間も耕す手を休めない農家の人々を、露月は「土の友」と詠んだ。

畑の土膨れつくして春の行く（大正七年）

春の終り頃には、畑の土はすっかり、ほっこりとなった。

初鶏に鋤鍬ばらの控へたり（大正九年）

初鶏とは元旦に一番に鳴くめでたく神聖な鶏。初鶏が鳴くのを、「鋤鍬ばら」がそれぞれの場所に控えて静かに待ち受ける。「ばら」は「ども」という意味。鋤や鍬を、親しみをこめて鋤鍬どもと擬人化した。

此鍬に此鎌に初時雨かな（明治四十一年）

「悼梨雨」と前書がある。梨雨とは佐々木北涯の次男龍介の俳号。明治四十一年十一月に十八歳で病死。「野火及ぶ畑の藪や蕗の薹　梨雨」という句がある（船山草花『俳人北涯』）。露月は「此鍬に此鎌に」と詠んで、大曲の農業学校に学んだ若者の死を悼んだ。

耕《たがやし》や夜は玩ぶ古雛《ふるひいな》

明治三十八年。「耕」と「雛」がともに春の季語。農家の婦人が田畑を耕している。雛祭の季節だ。露月は、目の前にいるその農婦が、夜には雛人形で遊ぶことを知っている。野良で働くたくましい婦人だが、雛を愛でる少女のような心を持っている。その暮らし向きは、雛で遊ぶほどのゆとりはある。「古雛」は家に伝わるものか、嫁ぐとき持参したものか。

露月は日々農家に往診していた。村の経済事情を調査したこともある。あちこちの農家の家の事情を知っていた露月は、耕す姿を見ただけで、彼女がその夜、雛で遊ぶであろうことを思い描くことができた。

以下『露月句集』から雛の句を拾う。

雛もなし汝を桃の花の顔（明治三十九年）

「長女二歳」と前書。まだ雛もない我が家だが、可愛らしいお前の顔を、桃の花のような顔だと思って眺めようというのだ。この長女・石蕗《つわ》が十六歳で亡くなったとき、露月は「冬雲の明るき処なかりけり」と詠んだ。

雛まつる大家の庭の闇深し（大正九年）

雛を祀った大きな百姓家。日が暮れて庭は深い闇となった。「庭」には、庭園のほか「家の出入口や台所などの土間」という意味がある。伊藤義一はこの句を以下のように鑑賞する。

この句は昔の田舎をよく表しています。注目したいのは「大家の庭の闇深し」です。昔の農家には大きな庭（土間）がありました。稲扱きや籾摺りなどの作業をする作業場です。電気は普及していませんから、文字どおり「闇深し」でした。

それでも戸を一枚開けると座敷があり、そこには雛が飾られているのです。そのような当時の農家の様子が詠み込まれた一句です。

（『露月俳句鑑賞講座』）

「大家」は、落語に出てくる大家さんではなく、「おもや」とか「本家」などという意味だ。

雛の間に狗吠鶏鳴《くはいけいめい》聞えけり（同）

「狗吠鶏鳴」とは、鶏が鳴き、犬が吠えるという意味。人家がたくさんあって繁栄していることのたとえとして使われる。近所の家が近くて、雛を飾った一間にも、犬や鶏の鳴き声が聞こえる。活気のある村の雰囲気を伝える。雛祭の句に農村の生活感が表れたところが、露月らしい。

二三尺波をはなれて秋の蝶

明治三十八年。海の上を蝶が飛んでいる。蝶はひらひらと上下しつつ飛ぶ。波に攫《さら》われはしないかと見ているが、波との間は絶えず二三尺離れている。

たんに「蝶」といえば春。例えば「ひらひらと蝶々黄なり水の上　子規」は春の句だ。いっぽう「秋の蝶」は春や夏の蝶と違っていくぶん弱々しく、さびしげな感じで詠まれることが多い。たとえば「秋蝶の驚きやすきつばさかな　原石鼎」のように。

秋は空や海が清澄だ。そんな秋の天地を背景にした蝶の姿も古来よく詠まれてきた。

海原をいづち行くらん秋の蝶　尾谷《びこく》

高浪をくゞりて秋の蝶黄なり　村上鬼城

一句目は海原をどこまでも飛んでゆく蝶。二句目は波しぶきがかかりそうなところを飛ぶ蝶。「高浪をくゞりて」はやや誇張気味か。どちらも浪漫的な気分の句だ。いっぽう「二三尺波をはなれて」には誇張がない。波と蝶との距離感を素直に詠んでいる。飛ぶ蝶の下に澄み輝く海面や波が見える。明治三十八年八月、男鹿《おが》半島を巡る旅での吟だ。
以下、蝶を詠んだ露月の句を引く。
てふ〳〵の松をはなれて浜辺かな（明治三十二年）
春の蝶がひらひらと松の木から離れていった。浜辺の景だ。
蝶の翅秋海棠に力なし（明治三十五年）
秋海棠の花にとまった秋の蝶。その翅に飛ぼうとする力が感じられない。
新涼に吹放たれし胡蝶かな（明治三十八年）
立秋過ぎの涼気の中、風に吹き放たれたように蝶が飛んでいった。
高山の嵐や夏の蝶揚がる（明治三十九年）
高い山を吹き抜けてゆく強風。その風に煽られて夏の蝶は青空高く舞い揚っていった。
明日植ゑる苗圃《びょうほ》の杉や秋の蝶（明治四十年）
苗圃には明日にでも植えられるのを待っている杉の苗が育っている。その杉の苗をめぐって秋の蝶がひらひらと飛んでいる。
子規は露月の「日は西へ詮方もなし秋の蝶（明治二十九年、秋の日を惜しむ蝶よ、日が西へ傾くのはしかたないことだ）」を「明治二十九年の俳句界」に引いて「微妙なる情味を説く」と評した。

しかし「詮方もなし」はまだまだ理屈っぽい。この句は陸羽地震の後、医術開業試験のための上京途上の作。明治二十九年九月十六日の日記にこの句や「山裂けて大木震ふ秋の風」「荒滝の霧を裂くこと五百尺」など十句が書きとめられている。

「日は西へ詮方もなし秋の蝶」より「二三尺波をはなれて秋の蝶」のほうが写実的だ。帰郷後の露月の句には、写実の佳品が増えていったような印象がある。

来《こ》し方の夜は只黒し天の川

明治三十八年。「暗し」でなく「黒し」としたことに意表を突かれる。「黒し」とは、黒く塗りつぶしたような闇のイメージだ。「只黒し」だという「来し方」をどう解するか。

当時、露月は三十二歳。能代の俳句大会に出席し、男鹿に遊んだ。その年の冬には第二子（長女石蕗）が生まれる予定。村医・指導者として、また俳人として壮年の充実期に向っていた。

このような時期の露月の心境を踏まえてこの句を鑑賞したい。露月の「来し方」は、文学を志しての上京以後、病気による挫折や子規と別れての帰郷など、苦しい時期が続いた。まさに漆黒の闇が続くようだった。その後、秋田での医師兼俳人の生活が軌道に乗ってきた。今、目の前には、天の川が希望のようにかかっている。「来し方の夜は只黒し」から「天の川」への展開が、このような読みを誘う。

明治三十八年八月二十三日の男鹿半島での句作について、露月は以下のように記している。

黄昏、台島という磯村に上る。これより夜行くこと三里ばかり、とある野路に、同行の三浦氏、寒風山に天の川かかりぬと云えるをきく。

天の川寒風山にか丶りけり
来し方の夜は只黒し天の川
我宿はいづれの処天の川

我が宿は金川の里に諸井という旅籠屋なり。至れば九時に近し。茶も喫《の》まず、煙草も吸わず、先ず林檎むきて喰う。旨きこと云わん方なし。

林檎むいて蚊帳なる人と語りけり
林檎むく巧みや旅は語草
新涼の燈下や旅の覚えがき

（『蜩を聴きつ丶』）

舟で「台島」に着いた露月たちは、日の暮れた道を「金川」へ歩き、天の川を仰いだ。「来し方の夜は只黒し」はそのときにたどった夜道の印象だが、医師及び俳人として充実した日々を送っていることに対する自足の思いが、ふと句に反映したのではなかろうか。

海明けぬいづこきのふの天の川（大正十五年）

「八月十二日出盧佐渡紀行」とある。海は夜明けを迎えた。夜の間は見えていた天の川はどこへ消えたのか。芭蕉の「荒海や佐渡によこたふ天の河」を念頭に置いての作か。

『露月句集』には「海明けぬいづこ夕の天の川」という形で収録されているが、夕方には天の川は見えない。「夕の」は「ゆふべの」あるいは「昨夜の」と表記したい。ここでは、『露月全句集』にある「きのふの天の川」という形で引いた。

生身剝《なまみはぎ》二人逢ひけり枯木立

明治三十九年。『角川俳句大歳時記』は「なまはげ」（新年）の傍題に「生身剝」を挙げ、例句に掲句を引く。山本三生編『俳諧歳時記』（昭和八年、改造社）は「なまはげ」ではなく「生身剝」として立項し、解説に露月の「山中新題」という文章を引く。

ナモミ剝ぎ、ナモメ剝ぎなど云慣わしなれど、生身剝ぎの意ならんかとも思う。十五日夜（旧正月）鬼の面を被り、異様の扮装したるもの或は太刀を携え、或は御幣を持ち、瓢に豆などを入れてからからと打鳴らし、悪魔払悪魔払と高らかに呼んで戸々を廻り歩くに、戸々にては餅二夕切程を与えて去らしむるなり。予が幼時は、村の貧しき男が餅を貰わんとて、生身剝ぎとなりしものなるが、それよりも大人にてするもの無く、十二三の少年どものわざとなり、それさえ近年は殆ど廃れたる様にて、只児女の多き家に行き、児女を嚇《おど》すを面白きものにすなり。但、生身剝ぎの由来は久しきものなるべし。縁起を詳らかにせざるも父老の口碑に拠って考うるに、昔、山中に賊住みて、時々人里に下り、掠奪を試みたる頃の風なるべし。賊居ずなりて後も治に居て乱を忘れざれの意にて、かかる事の始まりしと覚ゆ。それより世降って一種の訓戒となりしはナマ身を剥ぐという事にて証せらる。村俗炉火にあたりて脛に火紋《ひがた》つきたるを、ナモミ（又はナモメ）がついたという。懶惰《らんだ》にして炉辺にのみあるものに此火紋を見る故、その火紋即ちナモミを剥ぎて懶惰を懲さんの意とはなりしなるべし。其悪魔払と呼ばるは事を知らざるなり。彼は悪魔を払うものに非ずして、悪魔其物なればなり。脛にナモミなく、家に泣く子なければ彼は剥ぐこともせず、唐辛味噌つけて子を喰わんともせで、二夕切の餅にて退散するなり。前に云いし山中の賊とは例の米女鬼の鬼なり。云々

（「山中新題」）

山本編『俳諧歳時記』は、以下の例句をあげる。

生身剥二人逢ひけり枯木立　露月
わが影の雪に映れり生身剥　同
なごめ剥戸に庖丁を鳴らしけり　五空

「わが影の雪に映れり」は、灯火か月光かによって、生身剥自身の影が雪に映っている。「戸に

庖丁を鳴らしけり」は、露月と親しかった能代の俳人島田五空の作。「生身剣二人逢ひけり」は、枯木立のあたりで二人の生身剣が出会っているさま。生身剣同士が偶然出くわしたのか。生身剣の仲間が村はずれで落ち合って、これから連れ立って村に行く相談をしているのか。あるいは、その夜の首尾を教え合っているのか。

露月は「懸葵」明治三十九年三月号に、「山中新年八題」として、この「ナモミ剝ぎ」の句のほか、「臼伏せの宵や榾《ほた》積む山の如し（臼伏せ）」「ぬさ掛けて東風に面を曝しけり（幣かけ）」「喜見る若木の枝の燃ゆることを（若木）」「暖かに雪踏む柳迎へかな（柳迎へ）」「渋柿をまじなへばナルと申けり（木をまじなふ）」「鳥追ひの貝東天に響きけり（鳥を追ふ）」「こさ吹くや返照雪の山に満つ（コサ吹く）」の計八句の新年詠を寄稿している。

八十の祖父と見てゐる糸瓜哉

明治三十九年。祖父と孫が並んで糸瓜を見ている。長く生きた祖父は黙って糸瓜を見つめている。糸瓜を見ながら何を考えているのだろう。孫ももはや青年だ。『露月句集』には「八十の祖父を見てゐる糸瓜哉」とあるが、『露月全句集』の「八十の祖父と見てゐる糸瓜哉」のほうが面白い。

露月は八歳のとき父を亡くした。そのとき祖父は六十七歳。その祖父が八十を過ぎて亡くなったとき露月は二十四歳。「この祖父は幼い露月のため正月、紙鳶《たこ》絵をよく描いてくれた」「九歳ごろまでこの祖父と添寝すると実語教を授け、彼はよく暗誦した。祖父は喜んで他人に吹聴するのであった」「露月が初めて発句を知ったのは十か十一歳の時、正月書初めにこの祖父が、〈眉長き人来そめけり今朝の春〉という句を類題発句集か何かから抜いて紙に書いてはったので、露月も意味は分らぬながら、その小本を開いてみたりした。祖父は松雫と号して発句や前句をやっていた」（『俳人石井露月の生涯』）。

幼い露月を可愛がった祖父。その祖父と並んで糸瓜を見ているのは露月青年。この頃はすでに文学への志を固めていた。糸瓜はほのかに滑稽でありながら、しみじみと糸瓜を見る高齢の祖父の姿はものさびしくもある。

「糸瓜咲て痰のつまりし仏かな」などの絶筆にちなみ、子規の忌日は「糸瓜忌」ともいう。子規の死は明治三十五年。それ以前に露月が糸瓜を詠んだ句は「腸《はらわた》を洗はれてゐる糸瓜哉（明治三十二年）」「ありたけの水を吐いたる糸瓜哉（明治三十四年）」「ながらへて何の糸瓜のぶら下り（同）」など。いずれも滑稽味が露わだ。では、子規の死後の句はどうか。

　水とれば仏もへちまもなかりけり（明治三十六年）

糸瓜の水をとる。糸瓜と仏との区別などない。亡き子規を思いながらの句だ。

　糸瓜あるを知らず主人迂濶なり（明治三十八年）

思わぬところに糸瓜が生っていた。それに気づかぬとは、糸瓜の主は迂闊だった。

　無用の長物と糸瓜に歎きけり（同）

それが無用の長物であることを、糸瓜のために嘆いてやる。

　天徳を糸瓜に生せり長きかな（明治三十九年）

万物を生育する天帝の徳が糸瓜となって結実した。その見事に長いことよ。

日に三たび糸瓜の老を省る（昭和二年）

糸瓜が老いてゆくさまを、日に三度眺めて我が身を省みる。

糸瓜見る因みに憶ふ三十年（同）

糸瓜を見ると子規を憶う。あれから三十年が経った。子規庵を訪ねての吟。子規の死後、糸瓜を詠む露月の句は滑稽味を保ちつつも心境が深まっている。「このあたりの草花折り来糸瓜仏（大正五年）」と詠んだように、糸瓜は亡き子規の象徴だった。

温泉烟《ゆけむり》の樹々に裂けゆく野分哉

明治三十九年。「温泉烟」とあるので温泉地だ。温泉の蒸気がほうぼうから盛んに噴き出す。おりからの野分の風で「温泉烟」は吹き飛ばされ、木々にひっかかって裂けるように消え失せる。動的な景を動的に描写した。

露月の情景描写はときとして大胆だ。

だぶ〳〵と浴びせかけたる甘茶哉（明治三十一年）

誕生仏に甘茶をかけたというだけの単純な句。「だぶ〳〵」は一見無造作なオノマトペだが、甘茶をなみなみと汲んで注ぎかける様子がよくわかる。「浴びせかけたる」が力強い。

ふらここの影に惑へる子猫哉（明治三十八年）

「ふらここ」と「子猫」はいずれも春の季語。ブランコが動くと、地面の影も動く。それを見て、子猫が戸惑ったような様子をしている。

山迫る所山飛ぶ蜻蛉かな（明治三十九年）

両側から山の迫ったところを蜻蛉が飛んでいる。その蜻蛉はすなわち「山飛ぶ蜻蛉（山を飛ぶ蜻蛉）」だ。「山迫る」から「山飛ぶ」への素早い視点の転換が、俊敏な蜻蛉の飛びざまを思わせる。

底ずれの舟洲につくや渡鳥（明治四十一年）

川舟が川底をこすりながら中洲に到着した。渡り鳥が飛んでいる。「底ずれの舟洲につくや」が川舟の動きを描いて巧みだ。露月はしばしば雄物川の舟に乗った。

ごうと鳴る風にあらず冴返る空（大正三年）

大正三年三月十五日の「秋田仙北地震（強首地震）」を詠んだ句。「ごうと鳴る」と読ませておいて、一転して「風にあらず」という。県内で発生した地震の鳴動に驚き、三月とはいえ、まだ冬のような空を仰いだのだ。

雲帰る峯又峯のうらゝかに（大正十二年）

詞書に「藤井氏退隠」とある挨拶句だが、情景の句でもある。

「峯又峯」は「山又山」と同様、そこだけ見れば、よく見かける言い回しだ。「うらゝかに」は春の時候。「峯又峯のうらゝかに」は春の山の情景としてさしたる特徴はない。句の眼目は「雲帰る」だ。「帰雲」は漢詩に見られる言葉。「山に帰ってゆく雲」という意味だ。山で生じた雲が、いくつも峰を越えて山へ帰ってゆく。その雲から眼下の山々を俯瞰すると、眼下を「峯又峯」が過ぎてゆく。

羽うち来る火蛾や木鳴らす夜嵐に（大正十四年）

風の強い夜も、灯火を慕って蛾が飛んで来る。「羽うち来る」は、大型の蛾を思わせる。「木鳴らす」という音の描写を加えたことで風の強さや、家の周囲の様子が想像される。

片割の月待得たる夜長哉

明治三十九年。「片割の月」は、半分またはそれ以上欠けた月。「待ち得たる」は、待って手に入れるという意味。源氏物語にある「優曇華《うどんげ》の花待ち得たる心地して深山ざくらに目こそうつらね」という歌は、珍しい優曇華の花を待ち得た（待った結果、見ることが出来た）かのような心地がして、美しい深山桜にも目移りがしないという意味。光源氏の姿を見た人が、その姿の美しさを賞讃した歌だ。

これにならって露月の句を解すると、秋の夜長を待ち侘びてやっと目にした月は、片割れの月だった。そうであっても、その月を待ち得たことで心は満ち足りている、という意味だ。

月は代表的な秋の景物。夜長も秋らしい情趣だ。素材だけ見ると平凡とも思えるが、待ち得た月が片割れの月であったという侘びた趣が捨てがたい。

以下、撲天鵬の鑑賞を引く。

読書でもしていたのか、俳句でも作っていたのか、夜も更けたが、寝るには惜しいといったような気持の人である。まだ寒い季節でもないので書窓を明け放って夜空を眺めている。すると向うの山の端が少し明るくなって来た。さては月が出るのであろうと、尚おも眺めていると果して月が出た。しかもそれは片割月であった。

夜遅く出る月がまん円るなものでないことは言うまでもない。しかし心待ちに待ち、得た月が片割月であったので、一寸意外だったろうが、同時に又却って興趣をそそられたにちがいない。かようにして此句が出来たのであるが、いかにも夜長らしくて面白い。

（「俳句研究」昭和十四年五月号）

露月その人を知っている撲天鵬には、二階の書斎から月を見る露月の面影が自然に浮かんできたのだろう。

以下、露月の夜長の句を引く。

長き夜の雨ふりやまぬ旅籠哉（明治三十二年）

鱸《すずき》獲し父を待得たり夜長の灯（大正七年）

「父」は夜の釣に出かけた。夜長の灯のもと、遅くまで父を待つ子どもたち。そこへ父は誇らしく、大物の鱸を持ち帰った。

星高し夜長の露の降りまさる（同）

星が高く澄む秋の夜長。夜露がしげくなるばかり。

夜長なる樫の葉風の止まぬ哉（同）

夜長を吹き続ける風。樫の葉が鳴りやまない。

夜長帰る我に門樹のだまり立つ（同）

往診からの帰宅だろうか。夜長の門を入る。門の脇の木は黙って立っている。

凩に昼行く鬼を見たりけり

明治三十九年。凩の吹く昼に鬼を見た。鬼が現われるのは夜が多い。豆撒きは節分の夜。「百鬼夜行」は「さまざまの妖怪が列をなして夜行すること」。「鬼滅《きめつ》の刃」という漫画に登場する悪鬼は日の光に弱く、夜にしか現れない。ところが、この句は昼に鬼が現われる。「昼行く鬼」とは何だろうか。吹きすさぶ凩に自然の怖さを感じ、それを「鬼」といったのだろうか。

凩の中、歯を食いしばって前かがみに歩く人の顔は鬼に近いものになる。蓑を背負い頬被りをした姿は人というより「ヤマハゲ」に見えた、と伊藤義一は鑑賞する（『露月俳句鑑賞講座』）。「ヤマハゲ」は小正月の悪魔祓いの行事だ。

とはいえ、やはり「昼」が気になる。夜に現われるはずの鬼が昼に現れたとすればそれだけで怖い。「見たりけり」も気になる。俳句ではふつう「見た」とはいわない。見たものを詠むのだから「見た」は言葉の無駄だ。ところがこの句はあえて「見た」といった。それは、見てはならぬものを見てしまったからだろうか。

子規は露月の「栗はねて大入道と化けても見よ」「月暈あり鶏頭の影化けぬべく」などを「奇怪斬新、常人の思ひ得る所にあらず」と評した（『明治二十九年の俳句界』）。露月の奇想が、凩の吹く虚空に白昼夢のような鬼の姿を描き出したとしても不思議はない。「昼行く鬼」は忌まわしい何かを行うべく、どこかへ行くところなのだろうか。

「昼行く鬼」から連想する句がある。

石の上に　秋の鬼ゐて火を焚けり　富沢赤黄男

石の上に「秋の鬼」がいて火を焚いている。漫画のようだが、どこか不吉だ。昭和十六年作。作者は日中戦争に従軍した。「焚火をしている孤独な鬼は、閉塞の時代状況や戦火の中で疲弊し、傷ついた孤独な魂を癒そうとしている作者の分身であろう」と俳文学者の川名大は鑑賞する（『現代俳句（上）』）。

露月の「昼行く鬼」は畏怖か怨念か、あるいは奇警な空想か。人が心に抱え持つ何かが、凩というきっかけを得て、「昼行く鬼」という異形の心象となって現れたようにも思える。

露月はしばしば「鬼」を句に詠み込んだ。

鬼棲まずなりて山川温みけり（明治三十九年）

鬼が棲まなくなって山川の水が温んだ。

鬼潜む昼や日あかき冬木立（同）

明るい日のさす冬の木立の陰に鬼が潜んでいる。

赤鬼の攀《よ》じ上る見ゆ雲の峰（大正十一年）

赤鬼が雲の峰を攀じ登るのが見える。

二月や又現はれし山の鬼（昭和二年）

二月になり、山の鬼がまた現れた。

「鬼潜む」と「赤鬼の」は昼の鬼だ。

露月の生まれた「女米木村」の高尾山には「夜叉鬼」が棲んでいたが、坂上田村麻呂に滅ぼされたという伝説がある。「ホトトギス」第十七号（明治三十一年五月）に寄稿した「記行」という文章で、露月はそのことに触れている。

北の窓塞ぎぬ獣通ふらし

明治三十九年。「北窓塞ぐ」は冬の季語。北風を防ぐため北向きの窓の戸を下したり、板を打ちつけたり、筵《むしろ》で覆ったりする。

稀に鳴る神や北窓塞ぎけり（明治三十九年）

稀に鳴る雷が、塞いだ窓の向こうから聞こえる。加藤楸邨《しゅうそん》の「寒雷やぴりりぴりりと真夜の玻璃」と比べ、露月の句は大らかで力強い。「鳴る神」という言葉に、自然への畏怖が表れている。

掲句は、自然への畏怖の念がさらに濃厚だ。塞いだ窓の向こうを、山の獣たちが日ごと夜ごとに通う。窓を塞ぐと外は見えない。何がいてもわからない。「猿が来て覗く北窓塞ぎけり　柴浅茅」という句がある。ときには恐ろしい獣が窓のそばに来ているかもしれない。

「鳴る神」や「獣」への畏怖は、北窓を塞いだ家の暗さと関わる。北窓を塞がねばならない「寒地」の暮らしについて、露月は次のように語る。

北窓を塞ぐという事がある、北窓だけならよいけれど、我等は雪囲いの為めに四方の窓を塞がれてしまう。家に籠れば昼尚暗く、そして天井が頭に支えるような気がしてならぬ、戸を排して一歩出る、吹雪のため行くべき道がない。

人皆曰く、天恵が無い、少くとも天恵が薄い、之に反して暖地は天恵が渥《あつ》いと。果してそうであるか、我等も御座並にそんな事を云っているが、真実はそれに賛同せぬものである。

（略）

暗くても、道がなくても困らぬという境界に安住し得るの法が唯一ツある。それは、在るがまゝということを信ずることである、認識することである。

窓を塞げば暗くなる、雪が積れば道がなくなる。如法に、如実に、在るがまゝである。南人の暖かさ、北人の寒さも在るがまゝである、在るがまゝという事に彼此はない、甲乙はない、自然に在るがまゝである。

（略）

暗澹の空も、短景も、寒さも、吹雪もすべて在るがまゝで、すべてが天恵の発露である、我等北国の冬の神の氏子たるもの盛んに炭火榾火を焚いて、神徳を讃嘆せんかな。

（『蜩を聴きつゝ』）

「短景」は「短日」と同じで、冬の昼が短いこと。「北の窓塞ぎぬ獣通ふらし」や「稀に鳴る神や北窓塞ぎけり」の底に流れる思いは、単純な畏怖ではあるまい。冬の雷も獣も「北国の冬の神」の神威だ。「我等」はその「氏子」だという露月は、畏怖すべき北国の冬を力強く詠むことで、神威を讃えた。

ひばりより下に舂《うすづ》く夕日かな

明治四十年。「舂く」は夕日が沈むこと。春の日暮どき、雲雀はまだ空の高みに鳴き続けている。その雲雀より低いところに夕日があって、沈もうとしている。

「春の鳥な鳴きそ鳴きそあかあかと外の面の草に日の入る夕　北原白秋」を思い出す。この歌を巻頭に据えた歌集『桐の花』は大正二年刊。歌の制作年代は明治四十二年以降であり、露月の句のほうが少し早い。

雲雀より空にやすらふ峠かな　芭蕉

雲雀よりさらに高い峠で休息している。雲雀の声は下から聞こえる。「雲雀より上にやすらふ峠かな」とする資料もある。

わが背丈以上は空や初雲雀　中村草田男

自分の頭上の空間はすべて空だというのだ。その空から雲雀の声が聞こえる。

雲雀について、露月はこんなことを書いている。

残雪が野の大部分を領して、枯芝の見える処がまだ僅少であった頃、雲雀が幾羽も舞揚っていた。珍しいのでしばらく空を見上げたこともある。（『蜩を聴きつゝ』）

「ひばりより下に舂く夕日かな」と詠んだとき、露月は、夕日より高いところにいる雲雀の姿を視野に捉えていたのだろう。

雲雀沈むや火をのがれたる古芒（大正十三年）

野焼の火で焼けなかった枯芒の中へ、沈むように雲雀が下りてきた。

雲雀の国蛙の国と相隣る（同）

野原の水たまりにオタマジャクシが生まれて「蛙の国」となった。同じ野原に「蛙の国」と「雲雀の国」とが隣り合っている。

雲雀野や日々に相見る少女どち（同）

少女たちは雲雀の鳴く野を通って学校へ通う。野原で遊ぶこともあるだろう。仲の良い少女同士が雲雀野で日々を過ごし、成長してゆく。

雲雀野の水平らかに流れけり（同）

雲雀の鳴く広やかな野を、川の水は平らかに流れてゆく。

この年、俳誌「雲蹤《うんしょう》」の「消息（五月十三日）」に、露月は「日当りの梢に囀《さえず》りの禽《とり》の群、小さき口開けて、何を叫ぶか。生の歓喜、大歓喜の表現だ」と記した（『俳人石井露月の生涯』）。

その一年前の大正十二年五月、露月は二十歳の長男を亡くしている。癒やしようのない傷心を抱えながら、露月は、雲雀その他の小動物の姿に「生の歓喜」を見出した。

此山の巨人の跡や雨祈る

明治四十年。「雨祈る」とは雨乞のこと。おりからの旱で、村人たちは山に入って雨乞の儀式をとりおこなう。山には「巨人の跡」がある。大きな岩に巨人の足跡が残っているという説話が伝えられているのだ。その「巨人の跡」の霊威にすがるように降雨を乞い願う。

七月三十日、遠く訪ねて来た碧梧桐を囲み、高尾山の上で、露月は野外の宴を催した。そのさいの句だ。碧梧桐の『三千里』に「露月の不精者もきょうは諸肌ぬぎになって、刺身を何に盛れの、膾《なます》を己がこしらえるのと騒いでおる」とあり、この句や「川上る舟人も雨の祈りかな　碧梧桐」などを書きとめている。旧友碧梧桐を迎えた露月の高揚した気分が「此山の巨人の跡や」というあたりに表れているようだ。当時の俳壇の中心だった碧梧桐が女米木に足跡を残したことを、「巨人の跡」と洒落たのかもしれない。

七月二十九日に雄物川を舟で下ってきた碧梧桐は「旱つづきに水かさの減ったことは近年珍しいそうな」(『三千里』)と記している。

雨祈るこの大木を力かな　露月

この大木を力と頼んで雨乞をする。

川上る舟人も雨の祈りかな　碧梧桐

川を上る船頭も、雨を祈念している。

雨祈る発句貼りけり家の神　蒓江

雨乞を詠んだ俳句を貼って、家の神にも祈念する。

夏菊に人旱魃の立咄　露月

夏菊が咲いて、立ち話の話題は旱魃のことだ。

折節の句味も旱の別れかな　碧梧桐

折節に句を詠んだ主客に別れの時が来た。

河骨《こうほね》の咲く魚の死ぬ旱かな　錦川（羽後本荘）

河骨の咲く水に魚が死んでいる。

このような旱の句を、碧梧桐は『三千里』に書きとめた。

「巨人の跡」を、露月はいくたびか句に詠んでいる。

中村不折「巨人之蹟」（大正元年、第6回文展、油彩・カンヴァス、上伊那広域連合所蔵）

岩に印す巨人の跡や露寒し（明治三十八年）

男鹿半島を巡る紀行「巌瀾遊草」のうちの一句だ。

画題巨人の跡とあり晴る丶秋の會（大正元年）

同年の第六回文展（文部省美術展覧会）に中村不折《ふせつ》の「巨人の蹟」が出品された。会場は東京の上野。不折は子規を囲む仲間だった。「巨人の蹟」の絵のことを、露月は伝え聞いていたのだろう。「ホトトギス」大正元年十一月号に文展の紹介記事がある。今野巷人・遠山六浦の連名で「巨人の蹟」を「二人の人物が同じような形をしているのが第一悪い。組立の纏《まと》まっていないのであろう。それから女の手が長く大きい。詰り写実的に失敗している」と酷評している。

百合の香に相驚いて別れけり

明治四十年。送る人と送られる人が山道を連れ立ってゆく。百合の香の生々しさに互に驚いた。そして別れた。別れの場面を詠んだ句でありながら、溌溂とした気持ちが感じられる。

この句には三つの形が伝わっている。

①百合の香に驚いて相別れけり（『露月全句集』）
②百合の香に驚いて立別れけり（『露月句集』）
③百合の香に相驚いて別れけり（碧梧桐『三千里』）

②は「立別れ」が気取っている。①と③は、「互に」という意味の「相」を「別れけり」につけるか「驚いて」につけるかが違う。「別れけり」を「相別れけり」にしても意味はさほど変わらない。いっぽう「驚いて」を「相驚いて」とすると、二人が百合の香にハッとして顔を見合わせている様子まで想像される。作品の魅力の点から、ここでは③を採用した。『三千里』に書きとめられた③は碧梧桐の記憶違いかもしれないし、もしかすると碧梧桐が無意識に「相驚いて」

に直したのかもしれない。

『三千里』は、碧梧桐が「新傾向俳句」と呼ばれる俳句運動を全国に広めるために行った長い行脚の記録だ。その明治四十年八月一日の記事に「晩酌一酔の後互に留送別の句を作る。(羽後女々木にて)」とあり、「清水近く飯白き宿と記しけり　露月」「百合の香に相驚いて別れけり　同」「居る三日三千年や桃の味　碧梧桐」「瓜割くや主が癖の自賛論　同」「神鳴るや子規亡き後を談ずれば　同」などが書きとめられている。

翌二日、碧梧桐はこんなことを書いている。「世の中の大勢というものを女々鬼一帯の山に隔て、、十年仙寰《せんかん》の人となった露月は(略)余りに刺激の薄い天地に安座しておった。刺激がないと、猪でも豕《ぶた》になる。露月が酔に乗じて吐く気炎は、往々にして興味の薄い自讃に落ちた」。いっぽう、当時の俳壇の中心にいた碧梧桐自身について「常に中央に住んで世間の潮流と接触しておる者は、時に自己の立脚地を忘却して潮流の渦中に投ずる事がある。勢い新を衒《てら》い奇を弄し且つ又た流行を趁《お》う傾きがある」と自戒している。

碧梧桐が「子規亡き後を談ずれば」と詠んだ通り、子規死後の俳壇は、新傾向俳句を主導する碧梧桐とそれに反対する虚子が主導権を争った。碧梧桐と虚子が相次いで露月を訪ねたのは、たんなる友情ではなく、勢力拡大のため、有力俳人の露月に接触したという面もあろうか。

露月宅に滞在した碧梧桐は「病人もなか〳〵来る。句を作っておっても患者が来たというて下から呼ぶ」というような露月の暮らしをまのあたりにした。

露月宅を辞した碧梧桐を、露月は村はずれまで送った。同じ子規門の俳人として全く違う生き方をしている露月と「互に清水に口を霑《うる》おして袂を分った」と碧梧桐は記している。

地気動くところ果して清水かな

明治四十年。「地気」とは「大地の精気」という意味。「果して」は「思った通り、案の定」。地気の作用によって、その「動くところ」に、果して、清水が湧いた。

「地気」を詠んだ露月の句を引く。

天気地気啓蟄の日となりにけり（明治四十年）

天の気も地の気も啓蟄の時候となった。前書に「祝能代新報発展」とある挨拶句だ。

この国の地気動くところ蕗のとう（大正四年）

地の気がうごくところに、その徴《しるし》のように蕗の薹が生えた。この句には「斎藤代議士に贈る」との前書がある。挨拶句だ。

余花一樹山中の地気燃ゆる也（大正五年）

山の一樹が余花（初夏に咲く遅い桜）を咲かせた。山の中の地気が燃え立ったかのように。

露月は、「地気」すなわち「精気」あるいは「生命力」のような何かが大地の中を通っているというイメージを持っていたのだろう。「地気動くところ果して清水かな」からは、清水の湧出を霊妙な事象として賞翫《しょうがん》する気持ちが感じられる。

「清水」はその涼味から夏季とされ、露月が好んで詠んだ季語の一つだ。

草の上に帽子おきたる清水かな（明治三十二年）

清水のそばの草に帽子を脱ぎ置いた。清水で顔を洗ったり、頭を濡らしたりしたのだろう。

日光の草に洽ねき清水かな（明治四十年）

一面の草むらに日が当たっている。その中にきらきらと清水が湧いている。

清水溢れて大川に注ぐなり（大正五年）

清水は豊かに湧き溢れ、その水はやがて大きな川に注ぐ。この句は、露月が生まれた女米木にある「石巻の清水」のほとりの句碑に刻まれている。清水のそばに立って眺める

秋田市雄和女米木の「石巻の清水」。露月の句碑が立つ

と、道路を挟んだ向かい側を雄物川が流れている。溢れた清水が川に注ぐのは実景に即している。ただし鑑賞のうえでは、小さな清水から発した水の流れがやがて大きな河と一つになると解したい。水系のイメージを大きな構図で捉えた句と解すると、この句はより魅力的だ。

山吹や水に及ばぬ野火の痕

明治四十一年。山吹が咲いている。春になって野を焼いた。野火は水の流れに遮られた。黒々と焼けた野を背景に、山吹の黄色い花が鮮やかだ。春まだ冷たい水面に山吹の花が映っているのかもしれない。

木芽ふくや冷たくなりし野火の痕（大正八年）

野火の火照りがさめ、冷たくなっている。野火に焼けた跡に立つ木が芽を吹く。

雪汁の川波高し野火の果（昭和二年）

川が野火の行き止まりだ。その川は雪汁（雪解水）が波を立ててはげしく流れる。

野を焼き、雪解水が川に注ぎ、木々が芽吹き、山吹が咲き……。北国の春の気分が「山吹や水に及ばぬ野火の痕」「木芽ふくや冷たくなりし野火の痕」「雪汁の川波高し野火の果」といった句の調子から伝わって来る。

「山吹や水に及ばぬ野火の痕」を、柴田宵曲《しょうきょく》は「作者の眼が経過し去った事象に注がれているため、殊に静な世界になっている」と評した（『古酒新酒』）。「野火の痕」は燃え盛った野火を連想させはするが、それは過ぎ去ったもの。それゆえ、句は静謐だ。
同様の句として宵曲は次の句を挙げる。
小春日の落葉や宵の雨の痕（明治三十六年）
足元に落葉が降り積もっている。その落葉に雨の痕跡が残っている。眼前の景はよく晴れた小春日和だが、落葉を見ると、昨日の宵にしたたかに雨が降ったことが見て取れる。
陽炎や夜雨に浸りし種俵（大正五年）
種俵は稲の種もみを入れて水に浸すための俵のこと。そのへんに置いた種俵が、昨夜の雨で出来た水たまりに浸っている。眼前の景はよく晴れてうらうらと陽炎がたっている。なお『露月句集』では「糸遊や夜雨に浸りし種俵」となっている。
いずれも前夜の雨の跡を詠んだ句だ。小春日や陽炎も静かだが、それにもまして、雨の染みをとどめた落葉や水に浸かった種俵を見ながら昨夜の雨を思う作者の心は静かに澄んでいる。
過ぎ去った時間がもっと長いのが次の句だ。
二十年家郷を出でず花茨（大正十一年）
「愁ひつつ岡にのぼれば花いばら」「花いばら故郷の路に似たる哉」と詠んだ蕪村は「花茨」に

郷愁を託した。「故郷やよるもさはるも茨《ばら》の花」と詠んだ一茶にとって、刺のある花茨は自分と故郷との関係のとげとげしさを象徴する。

郷愁の詩人蕪村とは対照的に、文士となる道を断念して再び家郷から出ることのなかった露月は、その歳月を悔やむでもなく、誇るでもなく、あるがままにあるという思いを花茨に託したのだろう。花茨の鄙びた風情が、露月という人物によく合っている。

里の子と路に遊べり風邪の神

明治四十一年。内田百閒の随筆にこんな一節がある。

風がはやるから、お呪いをすると祖母が云い出して、提灯をともして、裏の物置から、桟俵を持って来た。

その上に、沢庵の尻尾をのっけて、祖母と母と私とが一口づつ噛り、歯形の痕に、各三度づつ、はあ、はあと息を吹きかけると、それで、風の神が乗り移るのである。

そのさんだらぼっちを持って、私が裏の川に流しに行かなければならない。（「風の神」）

風邪を流行らせる神。それをどこかへ追い払う民俗行事が「風邪の神送り」だ。「桟俵（さんだらぼっち）」とは、米俵の両端にあてる、円いわら製のふたのこと。

風邪の神を送る呪《まじな》いは俳句にも詠まれている。

風邪の神送りて桑の木につるす　宮崎三木

風邪の神を象った呪物を、桑の木につるすのだろう。

織子等に今日も送られ風邪の神　有本銘仙

作者は秩父銘仙の機織り職人。職人たちが今日も風邪の神を送る呪いを行っている。

百台の機を遊ばせ風邪の神　有本銘仙

風邪で休む職人が多く、機械を遊ばせてしまった。

医師である露月も「風邪の神」を詠んだ。「里の子と路に遊べり風邪の神」とは、里の子どもたちと遊んでいる者の正体が、こともあろうに風邪の神なのだ。油断させて子どもに近づき、感染させようとしているのか。漫画のキャラクターのような、とぼけた感じの風邪の神かもしれない。

風邪の神に後見らるゝ燈《ともし》かな（明治四十一年）

患者の傍らにいる露月の背を、風邪の神がじっと見ている。この神はいかにも不気味で邪悪な感じだ。

露月は医師として「風邪の神」と闘った。

枯野行くまがつひ何に潜みたる（大正七年）

「東奔西走日夜風邪の神と闘ふ」と前書。「まがつひ」は「禍霊」。災害や凶事の神だ。折しも風邪が流行っている。冬枯れの野を往診にゆく露月。禍霊はこの枯野のどこかに潜んでいて、人々を悪い風邪で悩ませる。

風邪入らぬ里の往来や梅の花（大正九年）

風邪の神が侵入しなかった里は無事に春を迎え、梅の花の下を人々が元気に行き来している。大正七年と九年にはスペイン風邪が流行した。

炉《ろ》塞《ふさぎ》や耳目《じもく》に潜む風邪《ふうじゃ》の気

明治四十二年。「炉塞」は春になり、囲炉裏をふさぐこと。「耳目に潜む風邪の気」とは、目や耳に何となく風邪っぽい気分が潜んでいる。「風邪」は冬の季語だが、この句は「炉塞」があるので春季。炉を塞いだものの、まだ、春の寒さを覚える頃だ。「耳目」「風邪」と読む言葉の響きが、漢語を好む露月らしい。

その年の日記に、三月十八日「感冒ノ気味ニテ倦怠ヲ覚ユ、早寝」、同十九日「感冒ノ気味、不快」、同二十日「風邪ノ気味不快」、同二十二日「風邪癒エカカル、夜学ナレド欠講」とある。翌月にも「不快早寝」「不快ノ為早ク帰ル」など。風邪だから当然「不快」だが、冬が終わった安堵感もあり、俳句のなかでは、春の風邪の気だるい気分を楽しんでいるようなところもある。

風邪を詠んだ露月の句には、「風邪の神」と闘う医師の立場で詠んだ作と、自分自身の風邪を詠んだ作があり、自身が不調のときの句にはしみじみとした味わいがある。

風邪引いて粥の淡しや梅の花（明治三十七年）

喉が痛い。腹の調子も悪い。食欲がない。粥は薄めがいい。うすうすとした粥の白さと、梅の花の白さが響き合う。「淡々たること誠に粥の淡きにも比すべく、数ある梅の句の中で截然として一異彩を放つ」との評がある（戸澤撲天鵬「俳句研究」昭和十四年五月号）。

風邪に臥して土打つ寒の雨を聴く（大正五年）

「寒の雨」は冬の寒中の雨。寒々とした雨だが、潤いをもたらし、厳しい寒さがほのかにゆるむ感じもある。ひたひたと庭の土を打つ雨の音が、蒲団に横臥する作者の耳に聞こえる。「風邪に／臥して／土／打つ／寒の／雨を／きく」と、とぎれとぎれに読んでみると、雨を聞く作者のしみじみとした情感が伝わってくるような気がする。

風邪去らぬ頭冬川に臨みけり（大正七年）

風邪が治りきっていなくて、頭がぼんやりする。そんな状態で、冬の川のほとりにたたずむ。冷たい風が顔に吹きつける。しかし頭はすっきりしない。

日記には、例えば大正十年十二月十六日「珍ラシキ快晴也、感冒気分ヤヽ快、石弟往診」などとある。往診を乞われた露月は、「風邪去らぬ頭」のまま、川のほとりの道を、患者の家へ向っていたのかもしれない。

風邪の眼にはや下萌の浅みどり（昭和二年）

風邪で熱っぽく、眼も腫れぼったい。しかし、春先の地面には、早くも浅緑色の草の芽が下萌（春先、ほのかに芽が萌え出ること）のさまを見せている。

熱喝に耳ほがらなり山笑ふ

明治四十三年。「熱喝」とはどういう意味だろうか。

露月の文章に「次の一書を最後の熱喝として永久に信を絶った」というくだりがある。それはこういうことだ。子規の病状の悪化を聞いた露月は、患者に生きてほしいと思う医師としての信念から、子規の長生を願う旨を手紙に書いて送った。すると、激痛に苛まれる子規から「東京デノ叫喚大叫喚ヲ秋田デ手ヲ拍ツテ笑フタトテ聞エズ」と、露月の無思慮を痛烈になじる返信が来た。日々激痛に苦しむ子規は、「ドウゾ一刻モ早ク死ニタイト願フハヨク〳〵ノ苦痛アルタメト思ハズヤ君ガ僕ノ長生ヲ喜ブハ君ノ勝手タリ」というのだ。

その八か月後に子規は逝去。この書信が露月に対する子規の「最後の熱喝」となった（『鯛を聴きつゝ』）。

「熱喝」とは激しい叱咤。「ほがら」は「朗らか」。「山笑ふ」は芽吹きはじめた春の山の様子。「熱喝に耳ほがらなり山笑ふ」とは、熱喝をくらったが、それを自分は春の山のような柔らかな心で聞きとめた、というのだ。

　この句は子規の死から八年後の作。「熱喝」は、さきほどの子規の手紙の熱喝ではない。このとき露月に熱喝をくらわせたのは子規門の同輩の虚子だ。

　その年の五月二十一日の日記に「晴、虚子、百穂、松圃《しょうほ》ノ五人、車ヲ連ネテ来ル。午後四時、山ニ上リ写真、スケッチ等　夜、皆々、揮毫等、十二時ニ至ル」とある。虚子は遠路秋田を訪れて露月宅に泊った。二人は十年余の久闊《きゅうかつ》を叙し、深夜まで語り合った。その折の百穂の絵に虚子と露月が句をしたためた軸が残っている。虚子の句は「炉塞いで天下無用の主哉」。露月の句は「熱喝に耳ほがらなり山笑ふ」だった。

　虚子は後日、自らが主宰する俳誌「ホトトギス」に「露月を女米木に問ふの記」を載せ、このように記した。「子規居士の怪物の二字を甘受した露月は果たして余が凡夫の二字をも甘受する

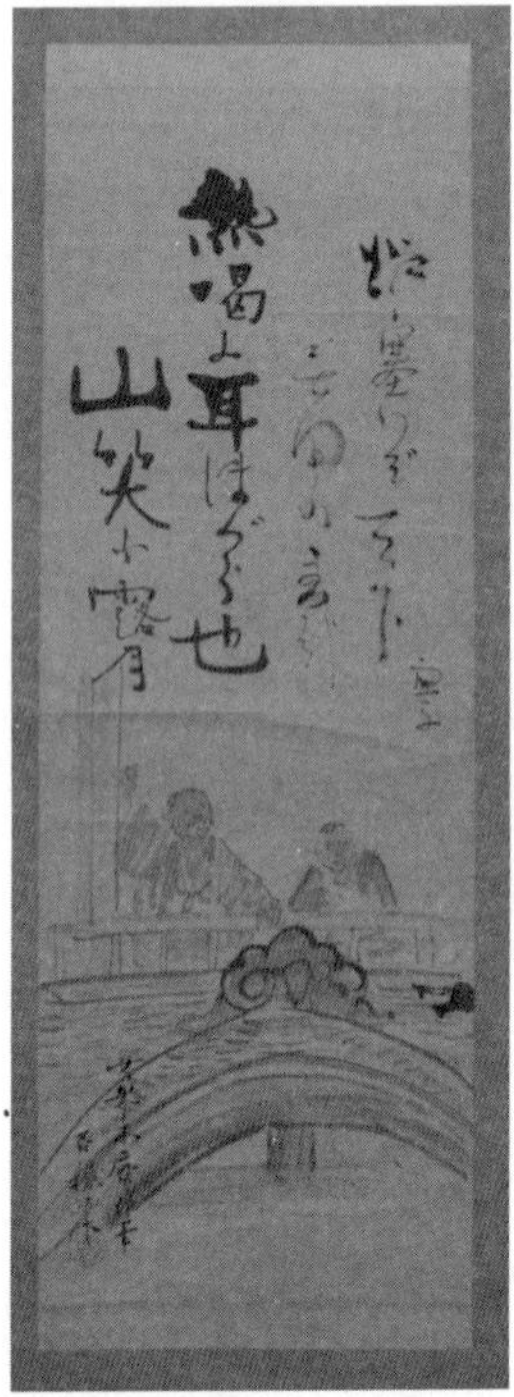

百穂の絵に虚子と露月が句をしたためた掛け軸（安藤功毅さん所蔵）

であろうか」「電燈は八畳を照して煌々と明るい。電車の音は絶えず響く。余は此都会に住いつつある事を誇とも思わねば又恥とも思わぬ。同時に女米木山中の不格好な二階に暗いラムプの下に堕落はせぬ向上したと自覚する露月を羨ましいとも思わねば気の毒だとも思わぬ」（明治四十三年七月号）。

虚子は、東京の俳壇から身を引いた露月を揶揄し、挑発した。これに対し、露月は「別後再び虚子に与ふる書」で「僕はこんなに東京を懐うて居るが、そんなら東京へ行きたいのかと云うに、強ちそうでもない。只懐うているだけでよいのだ。東京を懐う事が僕には　一面刺激となり、一面慰藉となるのである」と応じた（同九月号）。

虚子と露月は対照的な立場にあった。職業俳人となった虚子と碧梧桐は子規の死後、俳壇の主導権を争った。いっぽう露月は医師として女米木の人々のために働いている。露月を「凡夫」と称し「天下無用の主」と詠んだ虚子は、露月の文学的野心を再燃させようとしたのかもしれない。露月もまた、虚子の「熱喝」を聞き流しながら、心中は穏やかではなかったのかもしれない。

「露月を女米木に問ふの記」に虚子はいくつか挑発的なことを書いた。例えば、露月が議員をつとめる女米木の村会議事堂が「見すぼらしい二階建ての小さな家」だと。これに対し、露月は「村会の一議員たることを名誉と思うている」とむきになって応じた。

子規門の仲間だった赤木格堂《かくどう》は、虚子の「露月を女米木に問ふの記」を、露月をモデルにした小説だと評した。いっぽう、虚子の挑発に乗る形になった露月の「別後再び虚子に与ふる書」については、「真赤な顔に青筋を浮かして、昂々然と論ずる所に、露月の醇朴さ、真面目さ、正直さが躍如として居る」と評した（「懸葵」昭和三年十一月号・露月翁追悼号）。

百穂の絵に書き添えた虚子と露月の句は即興のように見える。しかし虚子の「炉塞いで天下無用の主哉」は即興ではない。「ホトトギス」明治三十七年五月号に、「炉塞」を題とする俳句の募集があり、選者であった虚子の吟として「炉塞《ふさい》で天下無用の主かな」が載っている。虚子の頭の中には「天下無用の主」という人物像が既にあった。したたかな虚子は、虚子の文章のモデルとなるべき露月にふさわしい句として、自家薬籠中の俳句の中から「炉塞で天下無用の主かな」を取り出し、あたかも即興の句のごとく目の前にいる露月にあてはめたのだ。

「ホトトギス」誌上での文章の応酬では虚子の術中にはまる形となった露月だが、俳句の応酬では「天下無用の主」という虚子の挑発を、「熱喝に耳ほがらなり」と見事に受け流した。

百穂の絵が添えられた軸を見ると、露月の句のほうが、文字が濃く大きい。絵姿もまた、右手をあげた露月のほうがその家の「主」らしく、堂々としている。

跡を絶ちし悪獣を絵に冬籠

明治四十三年。「跡を絶ちし」とは絶滅と解する。絶滅した「悪獣」を描きながら、あるいは、「悪獣」の絵を見ながら冬籠をしている。

獣を見るべくなりぬ秋の霜（明治三十九年）

秋深く、霜の降りる頃には、山の獣を里の近くで見かけるようになる。

北の窓塞ぎぬ獣通ふらし（同）

冬になり北側の窓を塞ぐ。窓の外には獣の通う道がある。

日々消ぬる獣の蹤や春隣（昭和二年）

春が近づくと里の近くにあった獣の痕跡が日々消え失せてゆく。

露月は獣の気配を身近に感じながら暮らした。では「悪獣」とは何だろうか。思い浮かぶのは狼だ。古い資料（「狩猟と畜犬」第八十一号、昭和七年九月）を見ると、当時の大阪動物園長が、日本狼は「四五十年前絶滅」したと語っている。じっさい「明治三十八年以後、真実のニホンオオカミ」は「一頭も捕獲されていない」（直良信夫『日本産狼の研究』）。露月がこの句を詠んだ明治四十三年には、日本狼は跡を絶っていた。

狼は伝承や民話に親しまれ、「大口真神」として祀られていた。この句は、古い絵にある狼の姿を見つつ、「悪獣」にして神だった狼に思いを馳せているのだろうか。

俳句では「狼」は冬季とされ、以下のような作例がある。

狼の声そろふなり雪のくれ　丈草

雪の日暮、狼が声を揃えて鳴く。

芭蕉の弟子の丈草の時代には日本狼がいた。露月もまた狼を詠んだ。

狼のねぶりあまりや冬の水（明治三十七年）

狼が舐めた余りのような、わずかな冬の水。

狼の祭や暁の稲妻す（明治三十八年）

狼の祭があった暁、稲妻が光った。

狼に墓の樒《しきみ》の乱されし（同）

狼の狼藉によって墓の樒が乱された。

狼に我糧寒き山路かな（同）

旅人を狙う狼に与えようにも食糧が乏しい。心細い山道だ。

巌穴に狼人を護りけり（同）

岩穴の中では、狼が人を護っていた。

露月の「狼」は想像の作か。「狼の祭」は「狼が獲物を祭るように並べておく」との意。「七十二候」という中国の時候の節目の一つで、十月下旬頃だ（『角川俳句大歳時記』）。

現代の俳人三橋敏雄は、狼を滅び去ったものとして、なつかしむように句に詠んでいる。

草荒す真神の祭絶えてなし　敏雄

草を荒らす狼の祭も、今は絶えてなくなった。

絶滅のかの狼を連れ歩く　同

絶滅したとされるあの狼を、今も連れて歩いている。

人は過去を句に詠む。そうすることによって過去を残そうとする。露月もまた「跡を絶ちし悪獣」を詠むことによって、それを記憶にとどめようとした。

誰が斧に祟りて深山夕立かな

明治四十五年。山で夕立に遭った。木が祟ったのか。誰に祟ったのか。斧に落雷したのかもしれない。木が祟るという発想は次の句にも見られる。

祟なき伐木《ばつぼく》や鶯の啼く（明治四十一年）

このときは木の祟りはなかった。鶯が鳴いている。

祟るのは霊木、神木だ。露月には、木を神と崇めた句がある。

椎の実や神恐ろしき森の風（明治三十二年）

椎の実が落ちている。椎の大木を仰ぐと、恐ろしいような風が吹き抜け、神威を感じる。

常磐木に神鎮まるや玉霰《あられ》（大正六年）

鬱蒼たる常緑の神木に降る霰。「玉霰」は霰の美称。「玉」が「魂」に通じるか。

産土神の杉を力や雪の中（大正七年）

聳え立つ神木を力と頼んで雪の中を参拝する。「神木にはや道絶えし深雪かな」は同九年作。

蟬涼し神威に息をとゝのふる（大正八年）
蟬の声に神を感じる幽邃《ゆうすい》な神域。「唐松神社」と前書。
神木を放れて螢一ツかな（大正十四年）
神木にとまっていた一匹の螢が飛び立った。幽玄な気配。
樹石皆神あるにつく〱法師（大正十五年）
如月や木の神まつる樵《きこり》ども（昭和二年）
木や石に神が宿る。樵は木を祀る。木の祟りは、それを伐った斧に向う。
山林を好んだ露月にとって、斧は身近な道具だった。
残雪や斧も入れざる松林（明治三十八年）
春になってなお雪が残る松林。「斧も入れざる」は清冽な空気感。
斧入れて見る〱中《うち》や散紅葉（明治四十年）
斧を入れた木の枝から散りこぼれた紅葉が、見る見るうちにあたりに散らばった。
伐出しの節木残りて雪解哉（明治四十一年）
春には雪が解け、山の木を伐って運び出す。節木（節の多い木）は残されている。
枝も伐るをゆるさぬ杉や凧（大正四年）

枝さえ伐ることも許されない杉の木。人を寄せつけぬ高木か、あるいは神木か。その上空に凧が揚がっている。凧が春の季語だ。

伐木丁々たり東風《こち》渡る山（大正五年）

春は樵が活発に活動する。「丁々」は「物を続けて打つ音」。東風（春の季語）が吹き渡る。

冬日落ちゆくに尚斧揮ふあり（同）

日の短い冬の太陽が山に落ちかかる頃、なお斧を揮う樵がいる。

大正の句

水に降る露かあらぬか夜の音

大正二年。「宿無生庵（本荘蔵堅寺《ぞうけんじ》内）」と前書。「本荘町の蔵堅寺に宿した因みに、住職天海師の揮毫一葉を獲て、帰って庵の壁上に掛けて置いた」（『蜩を聴きつゝ』）とあり、そのさいの句と思われる。

「水に降る露かあらぬか」は、水に降る夜露だろうか、それともそうではないのか、という意味。かすかな「夜の音」が聞こえる。「蝈《かや》の中に皆目覚め居り水の音（大正六年）」と同様、夜中に聞こえる水の音のひそかな気配を詠む。

初秋の枕に近し水の音（明治三十一年）

「初秋の」は「枕」でなく「水の音」に掛かる。初秋の夜、寝ていると、近くで水の流れる音がする。夜の静謐な感じを捉えた。「初秋や枕に近き水の音」とも書ける。

『露月全句集』に「初秋の枕に近し海の音（明治二十七年）」がある。はじめ「海の音」としていたのを「水の音」に直したのだろうか。あるいは別の句として作ったのか。「海の音」と「水の音」では印象が違う。「初秋の枕に近し海の音」は、海に近い宿に泊まっている感じ。旅愁を感じる。「初秋の枕に近し水の音」は、家の裏手を流れる小川のせせらぎといったところ。波の音よりも、もっとかすかな水音だ。

闇涼し草の根を行く水の音 （明治三十二年）

草の間を流れるささやかな水の流れ。その音がかすかに聞こえる。

居《い》籠《ごもり》の人皆いねて水の音 （明治三十四年）

居籠とは、新年の決まった夜に戸を閉じて神前や家に籠るという神事。

寒に入る刻とやなりぬ水の音 （明治三十五年）

日付が改まって寒中に入る。その夜の水の音。

夏川や夜ふけて渉る水の音 （同）

夜更けに、誰かが川を渉っているのであろう水の音が聞こえる。

あけやすき我が宿水の音ばかり （明治三十六年）

「あけやすき」は夏の夜の短いこと。

水の音の絶えざるをきく夜長哉 （明治三十八年）

絶え間なく聞こえる秋の夜長の水の音。

高灯籠の下を流るゝ水の音（大正三年）

灯籠が秋の季語。お盆に帰ってくる祖霊のための目印だ。

氷餅吊す夜や谿川《たにがわ》の水の音（大正五年）

氷餅は寒中に搗いた餅を夜、戸外で凍らせたもの。

夜の水音を詠んだ句を拾った。露月は、暗闇の中から聞こえて来る水の音に耳を澄ましていた。

提灯に稲葉の露よ家に入る

大正五年。提灯に照らされ、露を帯びた稲の葉が見える。田んぼの間の道を抜けて家に入る。「提灯に稲葉の露よ」は、あるいは、稲と触れ合った提灯が露に濡れたのかもしれない。「家に入る」は帰宅とも思えるが、「夜中往診」と前書があり、患者の家に着いた場面と解したい。以下は同じ時の句だ。

脛に草露や晨の鶏の声

明け方の道をゆく。草の露が脛につく。朝を告げる鶏の声が聞こえる。

喫茶帰路につく霧の月白し

往診先の家で茶をご馳走になり、霧のかかった月夜の道を帰途につく。

相撲見の早発ちゆゝし霧の中

往診から帰るとすぐに、その日に予定していた相撲見物に、霧のかかった早朝の道を出かける。往診は露月の日常だった。『露月句集』にこんなくだりがある。

三幹竹、能代より来り一泊。晩餐後、遠来の客を棄てて隣村同業者の急患に往診す。帰れば客は蕾児、山彦と虫の句を作っていた。三幹竹去って後独句を作る。

虫の音を文にもつゞれ旅せめて
むし各《おのおの》常の夜の如鳴にけり
鳴く虫を愛づるに蛙こわ高な

日記には昭和三年八月二十四日「曇、三幹竹、能代ヨリ来リ一泊」とあり、翌日は「晴、雨左手子佐々木直蔵往診、藤原善蔵往診、朝揮毫、九時　三幹竹辞ス」とある。名和三幹竹は当時三十六歳。大谷句仏《くぶつ》に師事する俳人で僧だった。「帰れば客は蕾児、山彦と虫の句を作っていた」と露月が記した三幹竹の句は、以下の句だ（『三幹竹遺稿』）。

遠く来て虫鳴く机座に侍りたる　三幹竹
虫の夜や提灯濡れて戻り来し　同

「提灯濡れて戻り来し」は、夜中の往診から戻って来た露月のことか。露月を敬愛していた三幹竹は、「提灯に稲葉の露よ家に入る」「小提灯消さじと稲の露の中」などの露月の句を知っていて、露月への挨拶として「提灯濡れて戻り来し」と詠んだのかもしれない。
三幹竹の露月訪問からほぼ三週間後の九月十八日、露月は五十五歳で急逝。露月の死を知った三幹竹は次の句を詠んだ。

俤《おもかげ》や是より遠き秋の風　三幹竹

露月の「皆曰く是より遠し秋の風」（明治三十二年）を踏まえた追悼句だ。

このあたりの草花折り来糸瓜仏

大正五年。「糸瓜仏」は子規。絶句の「糸瓜咲て痰のつまりし仏かな」による。子規忌に、子規の好んだ草花を手向けた。この年、露月は自宅に近い玉龍寺で子規忌の句会を行った。以前は、高尾山で草花を集めて瞑想に耽るならわしだった。同時作の「秋風に鞭うたれたる藜《あかざ》かな」は、露月を叱咤激励してくれた子規への追慕だ。「子規忌即興」と前書があり、『露月句集』はこの句を「子規忌」の句とする。

水とれば仏もへちまもなかりけり（明治三十六年）

子規の死の翌年の作。「水とれば」は糸瓜の水。子規の「糸瓜サヘ仏ニナルゾ後ル丶ナ（明治三十四年）」を踏まえた句だろう。何もかもが仏であって、糸瓜と仏の区別もない。

一年の秋に死にけり秋海棠（同）

「子規居士一周忌」と前書。子規が死んだのは一年前の秋。秋海棠の咲く頃だった。

喝々と秋風痰の仏かな（明治三十八年）

「痰の仏」は子規か。「喝々」は大きな音。「一喝」の「喝」でもある。秋風を聞くと、露月を叱る子規の声を思い出すのか。痰のからんだ子規の声が、秋風のようだという鑑賞も可能だろう。

この程の忌日子規庵無事なりき（大正十二年）

「東都災殃《さいおう》」と前書。子規の死後も子規の母と妹が住んでいた子規庵は、九月一日の関東大震災では倒壊と焼失を免れた。露月は子規庵が無事との報を得たのだろう。

柿食ひし仏偲びつ物の本（同）

「柿くへば鐘がなるなり法隆寺」「三千の俳句を閲し柿二つ」と詠んだ子規は、柿を食う人だった。死後は「柿食ひし仏」だ。その子規のことが物の本に書いてあった。

道の友南北よりす秋の風（大正十三年）

「草庵子規忌」と前書。子規庵の句会のため、方々から句友が集まってきた。

供物くさぐ〳〵主人が足しぬ秋海棠（同）

「子規忌」と前書。いろいろな供物に加え、主人たる露月は秋海棠を生けた。

紙魚《しみ》はたき尽さず已に獺祭忌（昭和二年）

夏に巣くった紙魚をはたき尽くす間もなく秋になり、子規忌が到来した。子規を偲ぶ句を拾った。没後三年目の「痰の仏」は生々しい。その後年数を経ての「糸瓜仏」や「柿食ひし仏」には気持ちの余裕があり、素朴なユーモアが漂う。

露月は昭和三年九月十八日に逝去。子規忌の一日前だ。露月の訃に接し、虚子は「糸瓜忌の一日前の南瓜仏」(『追悼句集』)と詠んだ。子規の仲間の間での露月のニックネームは「南瓜道人」だった。「一日前」という突き放した言い方が虚子らしい。ところが秋田で行われた露月追悼大会には「糸瓜忌に一日早き南瓜仏」という形で献句している。「一日早き」のほうが、惜別の思いが濃い。虚子は、場面に応じて句形を使い分けたのだろう。

木芽吹いて禽もろ〳〵が口を張る

大正六年。木々は芽吹き、いろいろな鳥が、思いきり口を張って囀っている。以下、秋田大学の国文学の教授だった加賀谷一雄の鑑賞を引く。俳人加藤楸邨が主宰する俳誌「寒雷」に寄稿したものだ。

「口を張る」と云うたしかな把握と、その表現のいきいきとしたはたらきを注意したい。このような把握をなしえた作者の心は、鳥の生々とした姿態と共に張り切っているもののように感じられる。それは、木芽が吹く頃の東北の短い春に何人も体験するよろこびであるのだ。楸邨氏のいわれる真実感合と云う境地はこんなところに適用されるのではあるまいか。鳥もろもろが口を張っている。何と云ういのちのよろこびであろうか。このような自然のよろこびに打ち当って、永く閉されていた東北人の心にも、はじめて春を謳歌したいような心の動きがふくれあがってくる。

（「寒雷」昭和二十六年九月号）

「木芽吹いて」をどう発音するか。露月の他の句では「木芽ふけよ〳〵と鳥の諸音かな（大正八年）」「木芽ふくや冷たくなりし野火の痕（同）」は「コノメフケヨ」「コノメフクヤ」と読めばよさそうだ。

帆に余る風や木芽張る岸高を（大正三年）

「舟中嘱目」と前書。帆に余るほどの風を得て、船は、高々と聳える岸に沿って進む。岸に生えた木々には木の芽が張っている。「木芽」を「コノメ」と読んで「ホニアマル　カゼヤ　コノメハル　キシダカヲ」とすると、中七の調子がよろしくない。「木芽」を「キメ」と読むと、「ホニアマル　カゼヤ　キメハル　キシダカヲ」となって調子がよい。

「木芽吹いて禽もろ〳〵が口を張る」の場合、「コノメ、フイテ」と読むのが無難かもしれないが、「禽もろ〳〵が口を張る」の調子の鋭さを生かすには、「キメ、フイテ」と読みたい気もする。あるいは「芽吹く」を動詞とみなして「キ、メブイテ」と読むことも考えられる。

「口を張る」は鳴き、囀るさま。口に力を入れて、くちばしを大きく開けるのを「口を張る」と言った。たとえば、燕の雛が餌を求め、口を大きく開けて鳴いているところなど、ちょうど口を張っているような感じがする。

「もろ〳〵の鳥口を張る」や「鳥もろ〳〵の口を張る」ではなく、「鳥もろ〳〵が口を張る」としたところ、助詞の「が」が力強く、決然とした感じがする。こういう「が」は口語風であり、濁音が目立つものの、この句に関しては「が」が効果的だ。

犬鈍に鶏軽し桑もえ出でゝ（大正八年）

桑の芽吹きを詠んだ。農家の庭先だろう。犬はのっそりと鈍そうに。鶏は俊敏に軽快に。犬は犬らしく鶏は鶏らしく、芽吹きの春を迎える。

蛔の中に皆目覚め居り水の音

大正六年。何人かで蚊帳に寝ている。どうやらみんな目が覚めているらしい。どこからか水の音がする。この水の音は、近くの小川のせせらぎといったところ。もしかすると、豪雨で山から鉄砲水がやって来る、その音に聞き耳を立てているという解釈もあるかもしれないが、この句の静謐な雰囲気からすると、静かな夜の句と解するのが素直だろう。

柴田宵曲はこの句を含むいくつかの露月の句を「作者はこれらの句中に於て、如何にも静に自然を見ている。若しくは静な自然の中に住している」と評した（『古酒新酒』）。

以下は宵曲が取り上げた句だ。

紫陽花に日疎《うと》き樫の広葉哉（明治三十六年）

よく茂った樫の木のせいで紫陽花に日がささない。紫陽花が夏の季語。「樫の広葉」には「でゝ虫の三つ居る樫の広葉かな　虚子」という作例がある。

萍《うきくさ》の蔓《はびこ》るまゝや水平ら（明治四十年）

ウキクサがはびこっている。一面にウキクサを敷き詰めたような水面は真っ平だ。ウキクサが夏の季語。

短夜《みじかよ》や靄《もや》の中なる川明り（大正六年）

夏の夜、明け方が近い感じもする。川に靄がたちこめ、靄のなかに川面のうすあかりが見える。「蝌の中に皆目覚め居り水の音」と同様、静かな夏の夜の気配を感じる。「短夜」は夏の夜の短さをいう。

藪木芽赤くほぐれつ昼蛙（大正十年）

「藪木芽」は藪をなしている灌木などの木の芽。木の芽が赤らんでほぐれる頃、昼に鳴く蛙の声がする。

庭もせの落葉静まる月夜哉（大正十一年）

風のない月夜に、落葉が庭中にひっそりと散り敷いている。「庭もせに（庭も狭に）」は、庭一面に、庭中に、という意味。子規の短歌に「庭もせに昼照草の咲き満ちて上野の蟬のこゑしきるなり」がある。昼照草は松葉牡丹のこと。

枯菊の雨も乾かず暮にけり（大正十二年）

「枯菊」は冬に至って枯れた菊。通り雨が枯菊を濡らして去った。その雨も乾かないうちに日が暮れてしまった。

　子規は「明治二十九年の俳句界」で、露月の「荒滝の霧を裂くこと五百尺」などを「勇壮」「警抜」と評した。そんな露月が後に「蛔の中に皆目覚め居り水の音」のような静謐な句を詠むようになったのを知ったら子規はどう思うだろうか。

　私たちは、子規が見ることの叶わなかった露月の秀句を目にしている。

高山に神鳴りて角力盛也

大正六年。盛んに角力をとっている。高い山で雷が鳴った。人間がぶつかり合う角力と鳴りわたる雷と。二つの力強い事象が響き合う。雷は夏の季語だが、この句は角力（秋）の句だ。露月が好んで登った高尾山には、現在は高尾山荘などがある。付近に土俵もあり、秋に奉納相撲が行われる。その土俵が見える場所にこの句を刻んだ碑が立っている。
露月は相撲の句をいくつも詠んでいる。

倚りそうて角力美くし宮柱

宮柱に寄り添って立つ力士の姿が美しい。

角力取大内山を罷出けり

皇室に招かれた力士が、皇居をまかり出るところだ。

小奇麗な女房とつれて角力哉

小ぎれいな女房と連れだってゆく力士であることよ。

これらは明治三十八年八月二十日の吟。日記に「晴、能代公園紫明館に全県俳句大会を開く。」とあり、その模様を露月は以下のように書き残している。

相会するもの六十名。名のみ知りて顔を知らぬが多けれど、俳諧の交りはラムネの如く淡く、趣味却て餡餅の餡よりも甘し。館は眺望河海を兼ねて、能代市街を脚下にす。相撲五句を作り、昼餉。紀念撮影。午後、野分五句を作り、夜、楼上に酒を酌む二十幾人。北涯、美人と手を携へて臼挽唄を唄ふ。五工が宿に帰り、今宵も三人枕をならべて寝ぬ。

(『蜩を聴きつゝ』)

さきほどの「相撲」の句は題詠の所産。同年作の「女郎花角力の羽織ぬれにけり」「草の舎の母に蝿つる角力哉」もその折の句か。佐々木北涯は露月より七歳年長で「俳星」の句友。その「臼挽唄」は以下のようなものだった。

興十分にして将《まさ》に散ぜんとするときは、座客皆手を握って円陣を作り、北涯が音頭を挙げて臼挽唄を唄ふのが例であった。北涯得意の唄は、からからず（行々子）蘆《あし》の袴に巣をかけた　蘆が刈られて　便りない。
　姉こ抱くとて木の根こ抱いた　物も言わずに　どんと投げた。（船山草花『俳人北涯』）
このような宴席に先立つ句会で詠む「角力」の句は、興行的な気分を漂わせたものだった。
以下は露月が後に詠んだ相撲の句だ。
　相撲見の早発ゆゝし霧の中（大正五年）
相撲見物のために霧の早朝に発つ。大変なことだ。
　角力観に山の奥より至りけり（大正六年）
相撲見物のため山奥からやって来た。
　峠越す相撲の衆や初嵐（大正十年）
力士たちが次の巡業先へ初嵐の吹く峠を越えてゆく。
相撲を興行らしく詠んだ句のなかにあって「高山に神鳴りて角力盛也」は「角力盛也」に興行の賑々しさが感じられるものの、雷という自然現象を取り合わせたことで、相撲の神事的な面が出現した。雷を「神鳴り」としたことで荒ぶる神を思わせる、豪壮な作だ。

泣きやまぬ子に吹雪婆《ふきばこ》の鷲破《すわ》来る

大正六年。雪国の人々は「吹雪婆っこ」というそうだ。

「わらしこは早く寝ねば、吹雪婆っこにさらわれるぞ」

いつまでも炉ばたから離れたがらぬ子供たちを年寄りが叱る。吹雪婆っこは吹雪の中で行倒れになった女の霊魂が出てくるものだという。吹雪は狂おしいいのちを持っているように吠えたけり、暗い夜の大地を駆けめぐるのである。

(「雪国のくらし」『カラー旅 第二(東北)』所収)

こう書いた千葉治平《じへい》は秋田県出身の直木賞作家。「吹雪は狂おしいいのちを持っているように吠えたけり」という感じ方は、露月の「叫ぶものに皆いのちある吹雪哉」に通じる。

「鷲破」は驚かせる言葉。泣き止まない子に向って「おや大変だ、吹雪婆っこが来るぞ」というのだ。子どもを相手に「驚破」という大げさな言い方をしたのがユーモラスだが、吹雪の音を聞く子どもにとって「吹雪婆っこ」はさぞかし怖かったことだろう。露月の次女は明治四十一年、次男は明治四十五年、三女は大正五年生まれ。この句を詠んだ頃の露月の身辺には小さい子どもたちがいた。

子等が歌ふこん〳〵霰年暮るゝ（大正七年）

この「子等」も露月の子女たちかもしれない。「こん〳〵霰」は「雪やこんこん、あられやこんこん」だろうか。この歌は『唱歌遊嬉の友』（明治三十八年）という本に「幼稚園唱歌」として載っている。歌詞に忠実なら「子等が歌ふ霰こん〳〵年暮るゝ」だが、語順を換えて「こん〳〵霰」としたものか。「子等」と「こん〳〵」の頭韻を効かせたのは句作のセンスだ。以下は、舟山一郎「雄和の歳時記」（『雄和に生きる』所収）から引く。

北国の冬は早い、初霰が降ったかと思うとまもなくぼたぼた雪となり、やがて山野は白一色で埋まる。その中で味噌煮をしたり、煤払いや正月向けの納豆づくり、餅つきと忙しさと共に寒さもしだいにつのって来る。

子等が歌うこんこん霰年暮るゝ　露月

「こんこん霞」と歌う子どもたちは楽しげだ。なぜなら、楽しい正月がすぐ目の前に来ているから。この句は大正七年の暮の作だろうか。この年の五月、露月は満二歳となる直前の三女を亡くした。楽しそうに「こんこん霞」を歌う子どもたちだが、そこに幼い三女はいない。そう思っての「子等が歌ふこんこん霞」だとすれば、露月にとってこの句は悲しい句だ。

いかなれば物狂はしう霰打つ（大正七年）

「悼小魚二女」と前書。娘を亡くした句友を見舞う句だ。悲嘆に暮れているだろう友の心境を、物狂おしく降る霰のさまに託した。

青空を見る嬉しさよ屋根の雪

大正六年。雪が止んで現れた青空を「嬉し」と感じた。雪に悩まされる雪国の風土を詠った句だ。以下、撲天鵬の鑑賞を引く。

降って降って降って降りやまぬ雪が屋上四五尺も積ると雪卸しといって積った雪を屋根からとりすてる。大雪の年になるとこの雪卸しを三四回もやるのである。

雪国では十一月末から翌年二月頃まで殆ど毎日の降雪で幾日も幾日も日の目を拝がむことさえ出来ず、明けても暮れても只降り積む屋根の雪を見るばかりである。偶々天の一方に青空を見る。日がきらきらと照る。この時の嬉しさは恐らく暖国の人々の想像外であろう、などいう程度では到底真実を味うことができない。「あらッ日が出た。青空が出たッ。」子供も大人もない。躍りあがって喜ぶ雪国のある日、ある時の光景が此句によってまざと描かれている。

（「俳句研究」昭和十四年五月号）

このように鑑賞した撲天鵬は、雪の多い横手の出身だ。以下、露月の雪の句を引く。

送出て吹雪の人を望みけり（明治三十四年）

吹雪の中、人を見送って出た。人と別れ、吹雪の中を去ってゆく人を見送る。この句から連想するのが次の句だ。

雪明り帰らぬ人に閉しけり　前田普羅（大正二年）

雪明りの夜、帰って来るべき人が帰って来ないので、戸を閉めた。露月の句は、去ってゆく人を見送る淋しさ。普羅の句は、待っている人が帰って来ない淋しさを詠う。

雪舟が来て散らばる町の子供哉（明治三十九年）

橇《そり》が到着した。橇を避けて散らばる子どもたち。

山脈の雪に書楼の起居かな（大正五年）

遠山の雪耀けり一架の書（同）

「書楼」とは書庫、書斎のこと。愛書家だった露月は、窓に遠山の雪を見ながら蔵書を手にとって楽しんでいたのだろう。

大雪に露《あら》はなる我が頭かな（大正六年）

写真の露月は髪が短い。毬栗頭《いがぐり》だ。年を取ってからは髪が薄い。「我が頭」に帽子を被ることもなく、大雪の野道をゆく。そんな露月翁の存在感。

雪雲の又しも我にかぶさりぬ（大正十二年）

日本海から雪雲が広がって来た。まわりが暗くなった。「又しも」とは、そのような雲が日にいくたびも頭上を覆う。雲が重くのしかかって来るような感じを「我にかぶさりぬ」と詠んだ。「我が頭かな」も「我にかぶさりぬ」も、「大雪」や「雪雲」を介して「我」の存在を確認しているかのようだ。

涼しさに伸びて夜明の瓜の花

大正七年。涼しい夜の間に、瓜の蔓がまた伸びたように見える。夜明けの光の中、みずみずしい瓜の花が咲いている。以下、撲天鵬の鑑賞を引く。

すがすがしい朝の気持である。

瓜の蔓は一夜のうちに八寸も一尺も伸びるものである。それを毎朝背戸の畑に見ることは田園生活者の一つの徳である。作者は之を涼しさに伸びたのだと断定している、天の一方にはまだ残月を見るのであろう、その暁色の中に黄色い瓜の花がぽっかりぽっかり咲いている。花は無心、人も無心、露月をまのあたり見るような心地がするのである。

（「俳句研究」昭和十四年五月号）

素材がすがすがしい。文体も魅力だ。仮に「涼しさや伸びて夜明の瓜の花」だったらどうか。

「涼しさや」は句全体にかかる。「涼しさに」は「伸びて」にかかる。瓜が伸びることと涼しさとに因果関係はないが、「涼しさに伸びて」とすると、涼しさのゆえに伸びたかのような印象がある。「伸びて夜明の瓜の花」という言葉の運びも心地よい。「伸びて夜明の」と、畳みかけるように言ったことで、瓜の蔓が伸びたことによって夜明けが訪れたかのような印象がある。伸びるのは蔓だが、「蔓」という言葉は省略されている。

「涼しさに伸びて夜明の瓜の花」を散文にすると、夜の涼しさゆえに蔓が伸び、蔓が伸びて夜明けとなり、瓜は花をつけた、となる。涼しさ→伸びる→夜明け→瓜の花とつながってゆくイメージの展開が楽しい。

あらがねの土を離れて瓜の花（昭和二年）

「あらがね（粗金）の」は土にかかる枕詞。「天津風そらにたちつゝあらがねの土のいろにぞ秋も見えける　亀山天皇」という和歌がある。空を吹く風ばかりでなく、土の色にも秋の気配が及んでいる。

「あらがねの土を離れて瓜の花」は、蔓から咲き出た瓜の花が、土から離れたところに咲いている。その様子を「土を離れて」と単純に叙した。瓜の花そのものを詠み、調子が引き締まっている。この句には以下のような前書があるが、純然たる叙景句として鑑賞したい。

前書とは「筧博士手づから草花学人著俳諧哲理の一書を　皇太后陛下に献げまつれるよしを聞きて著者の為に喜ぶ。」というもの。「草花学人著俳諧哲理」は、船山草花《そうか》の著書『俳諧哲理』だ。船山草花（黙雷《もくらい》）は露月門の俳人。佐々木北涯の評伝を書き、露月文集『蜩を聴きつゝ』の編集にあたった。「筧博士」は、貞明皇后（大正天皇の皇后）にご進講したという法学者筧克彦だろう。『俳諧哲理』は、著者が自分の俳句観を書き連ねた俳論書だ。読み易いとは言い難い。そんな本が皇室に献じられたことを、露月は「あらがねの土を離れて」と詠んで祝福した。

蚤よ蚊よと物思ふ暇無かりけり

大正七年。蚤よ蚊よとうるさくて、物思いに耽る暇もない。芭蕉の「蚤虱馬の尿《ばり》する枕もと」(「奥の細道」の尿前での吟)を思わせる。豪放磊落な句だ。「物思ふ暇無かりけり」という有無をいわさぬ断定が潔い。

前書に「五月十六日三女を失ひ六月廿四日四女を挙ぐ、逝くもの来るもの渾《すべ》て蒼々者の命のまゝ也」とある。露月は四人の子に先立たれた。大正四年に生後十日の三男、同七年に三女、同十一年に十六歳の長女、同十二年に二十歳の長男を亡くしている。

「三女を失ひ」とあるのは、大正七年五月十六日(露月四十五歳の誕生日の前日)に亡くなった幼い三女章子《あやこ》のこと。一歳十一か月だった。その翌月に四女が誕生。「逝くもの来るもの渾て蒼々者の命のまゝ也」とは、人の生死は天の意のままだという意味(「蒼々者」については松本如石「禅語を読む為の漢文典(三)」『大乗禅』昭和三十年八月号による)。

三女の死と四女の誕生を前書に並べたうえで、蚤や蚊がうるさいので物を思う暇もないというのだ。その後の長女と長男の死のさいの句の悲嘆ぶりと比べると、達観した印象がある。蚤や蚊と人の生死を平然と一句に併せ詠んだところに、露月の胆力を見る思いがする。もちろん、句の背後には、三女の死に対する押し殺したような悲しみがあったはずだ。この三女を、露月はしばしば句に詠んでいる。

吾家の子が泣く声や天の川（大正六年）

秋雨に撲《う》たるゝ草の項かな（同）

「女児病む」と前書。「草の項」は、草の葉がたわんだ様子を、首を垂れた人のうなじに喩えた。「そよ風が雑草のうなじをかすかにゆすつて」（『エロシェンコ全集 第三』）というような用例がある。その「草の項」を秋雨が打つさまを、病気の子を抱えた露月が見つめている。

あれ見よや汝に飛来る赤蜻蛉（同）

「女児病む」と前書。見てごらん、おまえのために赤とんぼが飛んでくるよ、と話しかける。

新涼に生れかはりし目鼻哉（同）

「女児病癒ゆ」と前書。病が癒えた子どもの様子を「生れかはりし」といった。「新涼」という季語に安堵と喜びが託されている。

これらは三女の死の前年の秋の句だ。一歳になった三女は病気がちだった（『露月俳句鑑賞講座』）。

桜若葉柩に紅き蕊《しべ》の降る（大正七年）

さみだるゝ中やあまりに小さき塚（同）

「三女章子送葬」と前書。幼女の柩を飾るように桜の蕊が降る。「小さき塚」も含め、満二歳を目前にして亡くなった子どもの幼さ、小ささが印象に残る。

樹々《きぎ》骨の如く凍霧裂けて飛ぶ

大正七年。霧は微小な水の粒だが、氷点下になって凍ると氷の粒の霧になる。これを「凍霧《いてぎり》」という。トタン板にあたった場合、水の粒の霧だとトタン板は音もなく濡れる。凍霧だとパラパラと音がする（大田正次『雨』）。

この句は、風に吹かれ飛ぶ凍霧を詠んだ。葉を落とした樹々が骨のように立つ。その樹々に裂かれるように、凍霧は樹々の間を吹かれ飛んでゆく。「温泉烟の樹々に裂けゆく野分哉（明治三十九年）」と同様、動的な景の捉え方だ。

火燃ゆ活々と凍霧に住む人等（大正五年）

この句を含む一連の作「凍霧に住む人」（「カラタチ」第三号、大正五年四月）では「凍霧《ガス》」とルビが振ってある。「ヒ、モユ、イキイキト、ガスニ、スムヒトラ」と小刻みに切って読みたい。

凍霧の中に火を焚いて生き生きと暮らしている人々を、露月は敬意をもって眺めている。

顔好くて凍霧の中来る女かな（同）

凍霧という過酷な状況で、やってくる人の見目麗しさにハッとした。露月も女性の容貌に無関心ではなかったようだ。「月今宵芙蓉の如き女かな（明治三十六年）」「小奇麗な女房とつれて角力哉（明治三十八年）」などがある。

凍霧晴れて日は南なる人の顔（同）

凍霧が晴れ、南からさす日の光が人の顔にあたる。太陽が現れたのだ。

凍霧の中夜明の瀬鳴高まさる（大正六年）

凍霧の夜明、酷寒の川が清冽に流れている。

凍霧晴に人々の睛輝けり（大正七年）

凍霧が晴れて、人々の睛がきらきらと輝いている。「ヒトビト」と「ヒトミ」が韻を踏んでいる。

朝日充ちて青空に凍霧消えゆけり（同）

朝日の光が空に充満し、凍霧は消えていった。

凍霧透きて火赤く烟三ところ（大正三年）

「大地震（大正三年三月十五日）」と前書。「秋田仙北地震（強首地震）」を詠んだ句だ。強首村や淀川村では火災が発生した。「火赤く烟三ところ」は、三月の寒気の中、凍霧越しに見る火災と解する。

東北の厳しい冬を表す「凍霧」を、『露月句集』は冬の季語と扱う。露月は「ガス」とルビを振ったが、「とうむ」「いてぎり」と読んでもよい。『新版角川俳句大歳時記』には「凍霧」は採録されておらず、「海霧《じり》」（夏）の傍題に「ガス」が採録されている。

此山を出でじと花に又思ふ

大正八年。「此山」は、句の主人公が住んでいる山。「出でじ」は、この山を出るまいという思い、あるいは、出ることはないだろうという見通し。花は桜。桜が咲く頃になると、自分はこの山から出ることはあるまいと、今年もまた思う。

この句から何が読み取れるだろうか。句の主人公は山に暮らす人。その人物は山から出て、里で暮らすつもりはない。その理由は「此山」が気に入っているから。

句の主人公は露月自身。露月は「露月山人」と名乗り、自宅を「露月山廬」と称した。ただし「山廬の位置は山腹ではない、山の麓ではあるが、百町歩の稲田を隔てて、発動機船の浮遊する大河、雄物川の岸辺にある」(『鯛を聴きつゝ』)。

「此山を出でじ」という言い回しは、廬山に庵を結んだ慧遠《えおん》法師が「此山を出でじ」と誓ったことを踏まえた「虎渓三笑《こけいさんしょう》」の故事にある。西行の歌にも「吉野山やがて出でじと思ふ身を花散りなばと人や待つらむ」とある。この「出でじ」を、露月は自分の言葉として句に詠んだ。

そのような露月の思いがうかがわれる一文を引く。

御弔問感謝々々、此度は生来始めて断腸と云う文字を味解したるが如く覚ゆ。数年以前三歳の女子を失いしが今のに比すれば物の数ならず、かかる不幸は世の中に山程もあることを承知しながら、自分には天地間唯一の驚心駭魄《がいはく》的事実の如く思われてならぬ不可思議也。

（略）

鳴雪翁からも命ある中に一度出て来いと屢々《しばしば》云われるが、今以て愚図々々なるは何も見識でも何でもなし。出ぬから出ぬなり。

（略）

今年は何処かへ旅行せんかとも思う。但東京へはどうかわからず。何となく気が進まぬは何故と

自宅書斎の露月（大正９年撮影）

も知れず。

（「親鴉」「ホトトギス」大正十一年四月号）

「御弔問」とは、その年一月に露月が十六歳の長女を亡くしたことによる。その折の思いを、弔問への謝意を添えて「ホトトギス」に書いたもの。文字通り「断腸」であり、「出ぬから出ぬ」とは、もともとの思いが、長女の死をきっかけに言葉になって出たのかもしれない。

露月は子規の葬儀に参じなかった。秋田を訪れた碧梧桐や虚子は、露月の上京を促したかもしれない。しかし露月は「但東京へはどうかわからず。何となく気が進まぬは何故とも知れず」という。露月が上京し、子規の墓に参ったのは昭和二年。死の前年だった。

「此山を出でじと花に又思ふ」は自足の思いをたんたんと詠む。風雅な山暮らしを自賛するような句だ。だが、その背景には、子規を失望させてまで帰郷し、女米木の医師として生きた露月の、虚子や碧梧桐などと違う自身の生き方に対する矜持があったはずだ。

我家の水や花見の足すゝぐ

大正八年。花見をして家に戻った。足をすすぐのは我が家の水。何でも我が家のものが一番だという、衒《てら》いのない人柄が感じられる。

井を借るや白粉はげて桜人　長谷川零余子（大正二年）

花見の途中で井戸を借りる。一日がかりの行楽だ。埃っぽい中を歩いて来たのだろう。疲れはてて、白粉がはげている。露月の句も花見の後に井戸を使うが、他所のではなく、我が家のだ。

露月の日記には折々、桜のことが書かれている。以下、大正六年の春の日記から引く。

四月二十五日「朝、寺ニ行キ、授戒会ノ準備ヲ見ル、桜ノ蕾白ク膨ラム」。二十七日「花、ポツリ〱咲ク、玉龍寺晋山式、本家ハ案下所タリ」。晋山式は住職着任の儀式。案下所（安下所）はそのための控え所だ。二十九日「安藤重松往診、子供四人写真取ル、庭前、桜見頃也、寺詣」。五月三日「花満開ヲ過ギタリ、授戒　戒弟十人（他部落ノ人ノミ）ニ見舞、饅頭七ツヅヽ配ル」。四日「安藤重松往診、種沢戒弟連数人、宅ニ寄リ二階ニテ花見ナガラ酒、自分ハ加ラズ、家兄酔ヒ来リ相手ヲナス」。五日「遅桜二三分通リ咲ク　向野往診、日暮レテ帰ル　コト、種沢惣一郎へ薬ヲ間違ヒヤリ、隣ノててヲ頼ミ、取戻シニヤル、十二時頃帰ル」。「コト」は露月の妻。「隣ノてて」は隣家の親爺。八日「細雨、遅桜サカリナレド、例年ニ比シ、咲方甚ダワルシ、一般ニ今年ノ花ハ不出来也」。
日記を読むと、露月が、医師あるいは村の名士としての日課をこなしながら、桜の花を楽しんでいた様子がうかがわれる。

この花に鮮魚の価貴けれ（大正七年）

このところ、あちこちで花が盛りだ。そんな時候だが、「鮮魚」の値段が高い。花見の酒肴に求めるのかもしれない。気取っていないところが露月らしい。

蝋燭の花に冷えゆく端居かな（大正八年）

端居をしていると、火が消えた蝋燭が冷えてゆく。春の季語の「花冷《はなびえ》」は、桜の咲く頃に冷え込むこと。「花に冷えゆく」は「花冷」を思わせる。「端居」は、家屋の端近く出ていること。涼を求めての端居は夏の季語だが、この句は「花」が季語だ。端居に季節感はない。「蝋燭」は、身近にある仏壇か神棚のお灯明を想像する。

花寒き心書楼にこもりけり（同）

「花寒き」は花冷えの趣。本好きの露月は、花見にも行かず、書斎に籠った。昭和三年四月二十四日の日記に「雪、晴（略）桜咲キカケリシモ寒サニヨドム」とあり、同二十六日には「晴、朝寒シ、馬ニテ妙法、金久右エ門往診、帰途、学校身体検査　桜殆ト盛トナル」とある。このような時候に対する気分を、露月は「花寒き心」と詠んだ。

夏野行きつくしぬ大河横はり

大正八年。広々とした夏野を行く。或るところに到って行き尽くした。そこに大河が横たわっている。大きな情景を、単純な描線で力強く描いた。

芭蕉に「馬ぼく〳〵我を絵に見る夏野哉」がある。「夏野」という季語は茫漠としていて、句作の上では案外、難しい。

露月には「夏野」を詠んだ佳品が多い。

地拓けバ先づ馬鈴薯や夏野原（明治四十一年）

夏野を開墾する。まずは馬鈴薯を植える。

夏野路や沼沿ひときけど沼も見えず（同）

夏野をゆく道。沼に沿うと聞いたが、沼は見えない。ただ、だだっ広い野が続いている。

放牧の馬に濁れり夏野川（同）

馬が放牧されている。その夏野を突っ切って流れるのは濁流だ。雨の後だろうか。

蹄跡中窪路の夏野哉（同）

馬の蹄の跡が残っていて、夏野を行く道の真ん中が窪んでいる。

薯山の如し夏野の一家族（大正八年）

「地拓けバ先づ馬鈴薯や夏野原」の続きのような作。馬鈴薯がたくさん獲れたのだ。

藪中に奔馬を避くる夏野哉（同）

いきり立って夏野を走り回る馬。その馬を、藪の中に避ける。同年の作に「奔馬避けて夏野に立つや風斜」もある。「風斜」とは、斜めから風が吹いてくる。「奔馬」のいる夏野を吹き抜ける風の荒々しい印象を、そう詠んだのだろう。

鉱脈のいづち走れる夏野哉（同）

鉱脈があるとされる夏野。その鉱脈は、この広々とした夏野のどこを走っているのだろう。

水に生きて人現はれし夏野哉（同）

夏野を流れる川で、船頭や漁師を生業にする人が水辺から夏野へと上がって来た。その様子を「水に生きて人現はれし」と詠んだ。

雲冥し夏野に隔つ海の音（同）

夏野の空に暗い雲が広がっている。夏野を隔てた彼方の、海のあるあたりから、はるかに海の音が聞こえてくるような気がする。前出の「大河」が雄物川だとすれば、海は日本海だ。

暮歩々に草の香沈む夏野哉（同）

「暮歩々に」は「くれ、ほほに」と読むのだろう。「歩々に」は、一あしずつ、という意味。日の暮に一歩一歩夏野を歩んでいると、草の香が低く沈んでいるような感じがする。

同年の作に「火の如く雨蒸れ騰《あが》る夏野哉」がある。雨の後の夏野の蒸れるような空気感を詠んだ。草いきれでむんむんとしていた夏野も、日が暮れると「草の香沈む」という趣になる。

身に入むや稲妻老いし山の雲

大正八年。山の雲に稲妻が光った。その稲妻もすでに弱々しい。秋の気配が身にしむ。季語は稲妻が秋。この「稲妻」は雷のそれではなく、秋の夜、音もなく光る稲妻だ。「身にしむ」も秋。秋の冷気とものののあわれの情感が身にしみるように感じられる。芭蕉に「野ざらしを心に風のしむ身かな（旅先で死んで骨をさらすかもしれない。秋風が身にしむ）」がある。

このとき露月四十六歳。秋の夜に寂寥の思いをいだいてもおかしくはない。

この句は人間でなく、稲妻という自然現象に「老い」という言葉を用いた。露月の句にはこのような「老い」の用例がある。

水あれば葉広水草春老いし（大正七年）

水があって、そこに葉の幅の広い水草が生じている。春も行こうとしている。

風簷《のき》を鳴らして天の川老いし（大正九年）

軒に音を立てて風が吹く。天の川も時を経て、その様子に衰えを見せている。天の川が秋。渡辺水巴《すいは》に「冬の夜やおとろへうごく天の川」がある。季節は違うが、天の川に「老い」と「おところへ」を見た感性は相通じる。

我と老いぬ炬燵蒲団の蝶鳥も（同）

長年使って来た炬燵布団の絵柄の蝶や鳥が、自分とともに老いた。

湖辺近くゆく〳〵春の草老いぬ（大正十一年）

「湖辺近くゆく、ゆく春の草老いぬ」と読む。湖に近いところを歩いてゆく。行く春の草もすでに老いたさまだ。

蕨老いてはるけくなりし旅路かな（大正十四年）

蕨も長けてきた。我が旅も、はるかに遠く来たものだ。「老いて」と「はるけく」が響き合う。このとき露月五十一歳。人生の旅路をはるかに生きてきたという思いがあってもおかしくはない。

防風老しに誰が子今朝又牛放つ（昭和二年）

防風（砂浜に生じる草。食用。春の季語）も長けてしまった。海に近い野原に今朝もまた牛を放つのはどこの子だろうか。この句は五月八日の能代俳句大会での吟。露月門の船山草花は以下のように記した。

会終って、八日の夜は五空老の十方庵に、先生と蒓江《じゅんこう》と千嶽《せんがく》の二君と泊り、翌朝は五空老の案内で、海の方へ散歩に出た。

防風老いしに誰が子今朝又牛放つ　露月

は其の実景であった。心中繰りかえし繰りかえし感嘆した、自分のように常に離れていては、先生から親しく教を受けることもむつかしい。此の一句を示されて、何んだか満たされたものの感じがするのであった。

（「懸葵」昭和三年十一月号）

古椿雪暖かにすべりけり

大正九年。雪の句だ。椿の古木に雪が積っている。その雪がつやつやとした椿の葉の上を滑って落ちた。その印象を「暖か」と感じた。この椿の木は、花が咲いていない状態だろう。以下、撲天鵬の鑑賞を引く。

秋田は雪国である。露月の居村米女木は後ろに米女木山を負っているので尚お更ら雪が深いのであろう。雪や吹雪の真の趣きは暖国の人には理解出来ない。やはり北国の人、東北の人、北海道の人でなくては共に雪なるものを談ずることが不可能と思う。尤も俳句や歌としては必ずしも八尺一丈の大雪を詠まなくてもよい。チラチラと落ちて来る雪にも趣きがあり、積ったかと思うとすぐ消えてしまう雪にも雪の趣きがあるわけで、雪国の人のみが雪の句を占領するのではないのである。

露月句集には雪の句が五十三もあり、皆とりどりに面白く、流石に雪国の俳人であることを思わせる。ここに古椿というが、之は椿老木と同義語である。しかしこの場合椿老木というよりは古椿という方が適切である。夜の間に可なり降ったものと見えて、庭の木々の上、椿の葉の上、枝の上にも重そうに積っている。やがて雪がやみ、雲間から陽光が輝き出した。ややあると雪に湿りをもち、重味を加えてざざッと音を立ててすべり落ちた、というのが此句である。暖かにとあるのが此句の生命で、この一字によって時間的にも空間的にも前後の事情が一層はっきりして来るのである。

（「俳句研究」昭和十四年五月号）

「古椿雪暖かにすべりけり」は、ふだん雪の降らない地方の情景としても通用する。

葉の下に雪をかむらぬ玉椿　星野立子

は、温暖な鎌倉に住む俳人の作。「玉椿」とあるので、椿は花が咲いている。

椿の葉をすべる雪を「暖かに」と詠んだ感性は鋭い。この「暖か」の使い方は「あたゝかな雨が降るなり枯葎《むぐら》　子規」に通じる。

大正昭和を代表する俳人の飯田蛇笏は、「古椿雪暖かにすべりけり」を、「二三十の日高に田螺一つかな（大正十一年）」「叫ぶものに皆いのちある吹雪哉（大正十二年）」などと並んで露月の秀句として推賞した（「ホトトギス」昭和十七年四月号）。このほか「さゝなみや巌によりくる鴛鴦二つ（明治二十七年）」「前栽のほたる三つ四つ小雨ふる（明治二十八年）」「はりつめし氷の中の巌かな（明治二十九年）」「もの思ひ居れば湯婆のさめやすき（同）」を挙げる。これらは子規閲『新俳句』に収録された露月の初期の句だ。

蛇笏は、露月小論を「伝え訊くところによれば、露月の終焉は或る壇上にあって俳句の講話か何かの中途突如たる脳溢血症であったもののようである。これなどは俳人露月の生涯を最大に飾るところのものであり、吾人の心から畏敬措く能わざるところである」と結んだ。露月終焉のときの講演は教育のことだったが、露月に対する蛇笏の敬意が窺われる一節だ。

白骨の白さ漾ふ露の中

大正十年。いきなり「白骨」とあってドキッとする。言葉通りに句の意味を辿るなら、「白骨の白さ」が「露の中」をただよっている。「露の中」とは一面の露の中だ。

庭に酌むや芋も団子も露の中　子規

おびただしく露のおりた庭で飲み食いをしている。そのさいの芋も団子も「露の中」だという。露月の「露の中」も、一面に露のおりた情景だ。そんな中、白骨そのものではなく、白骨の「白さ」がただよう。生々しい白骨を目にしたあと、その印象が眼に残っていて、露の白さと映え合っているのだろう。「白骨」とは、荼毘に付したあとのお骨だ。

「露」が秋の季語。はかなく消える「露」に、人の身命のはかなさを思う気持ちを託すことがある。

露の世は露の世ながらさりながら　一茶

一茶が幼い娘を亡くしたときの作。

親不知生えたる露の身空かな　川端茅舎

露のようにはかない身に親不知が生えてきた。そのことをさびしく感じている。

これやこの露の身の屑売り申す　同

屑屋に屑を売るのだが、それが、露のようにはかない身から出た屑なのだ。

「白骨の白さ漾ふ露の中」には「鷺郷《ろきょう》が白骨を拾ふ」と前書がある。鷺郷とは、女米木小学校校長の荒木房治のこと。村の生活向上のための啓蒙・改革活動における露月の盟友だった（『戸米川村誌』他）。

露月の日記には、大正十年九月十六日「荒木氏、容体急変ノ報」「脳卒中ノタメ人事不省昏睡、鼾聲、注射二筒、四時四十五分絶息」、十九日「荒木氏灰寄セ」、十月六日「荒木氏仏送（白骨ヲ玉龍寺ニ一時預ケル）ニ行ク」とある。

「白骨の白さ漾ふ」は生々しい。露月にとって、荒木は肉親にも等しい同志だった。それゆえ、荒木の骨の「白さ」は眼に焼きついて離れなかったのだろう。

医師として荒木の死を看取った露月は、その夜の日記に「今夜二時過迄、荒木方ニ居リ、帰テ床ニ入ルモ睡ラレズ」と記している。

紙鳶絵書く弟を見て物いはず

大正十一年。弟が紙鳶に絵を描いている。その弟の姿を見ている姉はものも言わず、ただ黙って見ているだけ。句を読んだだけでは意味が取りづらい。「長女病中」と前書がある。無心に絵を描く弟を黙って見ているのは、病気で衰弱した姉（露月の長女）だ。

長女の石蕗はこの年の一月、半月弱を自宅で病臥した後、十六歳で亡くなった。「弟」は当時十歳の次男。正月に揚げる凧の絵を書いていたのだろう。その弟の姿を、重篤な容態の姉が病床から黙って見ている。さらにその姉の姿を、父である露月が見守っている。

同じときの作に「紙鳶の句に忍び雛の句に泣きぬ」がある。涙をこらえて「紙鳶絵書く弟を見て物いはず」と詠んだ露月だが、長女が二歳のときに詠んだ「雛もなし汝を桃の花の顔」という自身の句を思い出し、こらえきれずに落涙したのだろうか。

露月の幼い頃、祖父がよく紙鳶の絵を描いてくれたという。その露月に凧の句は多い。

宿とりて二階に居れば紙鳶《いかのぼり》（明治三十一年）

宿屋の二階から見る凧だ。

鄙に入て日は猶高し凧（同）

「鄙」というほどの村に到着した。まだ日は高く、子どもたちは凧を揚げている。

凧の音の聞えずなりて日は暮れぬ（同）

凧に鳴る凧の音も聞えなくなり、日が暮れた。

紙鳶の絵の腹案もあり師走かな（明治四十年）

このとき露月の長男は五歳。露月も子どものために、正月に揚げる紙鳶の絵を描いてやったのかもしれない。

草の舎に隠れもなしや凧絵書く（明治四十一年）

草の舎に住んで、世間に隠れることもなく凧絵を描いている。そんな人物。

五文凧三文凧と揚りけり（同）

子どもが小遣い銭で買う凧だろう。五文と三文の区別がある。

絵凧持帰る枯木の奥の家（大正十一年）

病気の長女がものも言わずに眺めていた紙鳶を、次男が揚げて遊んでいたのかもしれない。凧で遊び飽きた小学生の次男は、枯木の奥のわが家に帰ってゆく。

「紙鳶絵書く弟を見て物いはず」には、病気で衰えた長女の姿を見る露月のまなざしが感じられる。紙鳶や紙鳶に書く絵が露月一家にとって身近なものであればあるほど、露月の心中が傷ましい。

青梅に着飾りありく人の子よ

大正十一年。梅の実が青く実る頃、着飾って出歩いているのは人の子であることよ。「ありく」はたんに歩くのではなく、出歩く、動きまわるという意味。「人の子」とは、わが家の子ではなく、他家の子弟だ。

「青梅に」は「青梅の頃に」という意味。「青梅や」と切りたいところだが、仮に「青梅や着飾りありく人の子よ」とすると、「青梅や」と「人の子よ」の二か所に切れが出来て句形が悪い。そう考えて「青梅に」としたのだろう。このような「〇〇に」はときおり見られる用法だ。芭蕉に「あさがほにわれは食《めし》くふおとこ哉」がある。

掲句は大正十一年夏の作。同じ時期に「人の子ハ着飾り来梅黄む頃」「青梅や長男臥病家に在り」がある。露月は同年一月に長女を失った。長男も病気だった（翌年五月死去）。「着飾りありく人の子よ」や「人の子ハ着飾り来」は、元気に成長し着飾っている「人の子」を見て、我が子もあのようであったらいいのに、と思っている。

青梅は露月が好んで詠んだ季語の一つだ。

青梅や真昼啼去る杜宇（大正十一年）

梅に実がなっている。そんな真昼に、ホトトギスが鳴きながら飛び去っていった。

青梅や霽《は》る丶慣ひの雲の峰（同）

梅に実がなっている。背後の空に雲の峰が見える。このところ、それが習慣になったかのように夏らしい青天が続く。

青梅や日に〳〵雲の峰づくり（同）

梅に実がなっている。空に湧いた雲は、日に日に夏らしい雲の峰となる。

青梅をゆさぶり去りぬ朝嵐（同）

枝の梅の実をゆさぶって朝の嵐が吹き過ぎていった。

青梅や机に通ふ朝嵐（大正十三年）

梅に実がなっている。書斎の机まで朝の嵐は吹き通ってくる。

青梅と人物を取り合わせた句にも佳品がある。

青梅の枝葉もる日や美少年（大正十一年）

実がなっている梅の枝葉を洩れる日の光を浴びて、そこにいるのは美少年だ。

青梅に訪来る人の帽古き（大正十三年）

梅に実がなっている。やって来る人は古い帽子をかぶっている。そのこともまたなつかしい。

青梅や銭弄ぶ童達（同）

梅に実がなっている。子どもたちが親からもらった小遣い銭を取り出して、大切な玩具のように弄んでいる。

短夜や既に根づきし物の苗

大正十一年。胡瓜、茄子などは初夏に苗を植える。夏至に近い頃には、苗はしっかり根づいている。「物の苗」とは何かの苗という意味。種類を特定せず、読者の想像に委ねた。短夜とは夏の短い夜を惜しんでいう。苗が育つさまを昼に見るのではなく、短夜の闇のなか、根づいて呼吸する苗の気配を感じている。

露月を訪問した碧梧桐は「晩酌の酔が廻ってから、先づ膳部の野菜は皆手作りぢゃ、主人自ら鍬を下ろしたのぢゃと、自慢を言い始める」(『三千里』)と記した。手作りの野菜を自慢する露月は自ら苗も植えたのだろう。

短夜の戸に物の苗くれに来る（大正五年）

村の人が苗をくれることもあった。これらの句を、工藤一紘は「短夜のつかの間も、苗はせっせと根付きを営んでいる。その時人々は「根付き祝いの酒」を酌み交わす。しかし、根付いているのは苗ばかりではない。早朝起きてみたら誰かが、その大事な苗を戸口にそっと置いてくれていたのだ。北国の厚い人情をも「季」は包んでいる」と鑑賞する（『俳人・石井露月』）。「短夜や既に根づきし物の苗」を、柴田宵曲は「こまかい微妙な心持が働かなければ、こういう句を作ることは不可能」だと評した（『古酒新酒』）。たしかに、畑に苗が育っている情景を見たうえで、その土中の根がしっかりと根付いていることに思いを致さねばならない。さらに、短夜という季語の情趣と物の苗とが心のなかで結びつかなければならない。そのあたりに「こまかい微妙な心持」が働いている。

真っ直ぐな、強い調子の句を多く詠んだ露月だが、肌理の細かい佳句も少なくない。「こまかい微妙な心持」の働いた句として、宵曲は以下の句を挙げる。

君が手の扇の影や草合（明治三十六年）

草合は端午の節句に種々の草を集めて種類や優劣を競った遊興行事。平安時代に遡る。草合を眺めている佳人だろうか。その手に扇が影を落としている。

片栗の花日に匂ふ雪解哉（明治三十八年）

雪解けの頃、山の中に咲く片栗の花に日がさす。その花は甘く匂う。

薪割りし筋の痛みや秋の暮（大正二年）

薪を割ったので体の筋が痛い。秋の暮だ。あたりはもはや薄暗い。

行春や露けしと思ふ宵ありき（大正十三年）

「宵ありき」は宵に外を散歩すること。「露けし」は秋の季語だが、この句は晩春の宵のしっとりとした空気感を「露けし」といった。

月今し客の面を照しけり（同）

月見の客だろう。月は今、客の顔を照らしている。

山に遊びて家の灯を見る秋の暮

大正十一年。秋の山に遊んでいるうちに、日が暮れてきた。山の上から、里の家が灯をともすのが見える。この句を読むと「里の灯を見て灯す秋の山家かな　室積《むろづみ》徂春《そしゅん》（大正元年）」を思い出す。この徂春の句を、虚子は以下のように鑑賞する。

秋の淋しい頃の或山家は、日が暮れかかって来て其山の麓の村の家々がぽつりぽつりと灯をともしかけるのを見てから、自分の家にも灯をともすというのである。村里よりかけ離れた山上の小家の淋しい心持がうかがわれる。（『進むべき俳句の道』）

「里の灯を見て灯す」は、山家の人が里の灯を見る。いっぽう「山に遊びて家の灯を見る」は、これから山を下る人がまだ山の上にいて、麓の村の家の灯を見ている。

大正十一年十月十七日の日記に山遊びのことが書いてある。「晴、蒓江、凡化《ぼんか》来リ（酒ト鯉一尾ヲ買フ）千種氏参加、午後二時頃ヨリ登山、山遊、平泉旅行ノハバキ脱ギノ意味也　日暮下山、自宅及宝生軒ニテ翌一時過迄飲ミ且談ズ」。

「ハバキ脱ギ」とは、長旅が無事であったことを祝っての小宴という意味。露月はその年の八月に平泉へ旅行した。「宝生軒」は露月の甥の俳人石井山彦が、露月宅の前で営んでいた理髪店。露月の句友たちの社交の場となっていたようだ。

この日、露月は親しい俳人と連れ立って午後二時過ぎから山に遊び、山上で酒と鯉で小宴を催した。日が暮れる頃に下山。その日は深夜まで飲みかつ談じた。露月はこの年の一月に長女を亡くし、長男は肋膜炎で療養中。気の塞ぐことの多かった当時の露月にとって、大いに気の晴れる半日の行楽だった。

「山遊び我に随ふ春の雲（明治三十七年）」、「足袋はくや年々つのる登山癖（明治四十一年）」とあるように、露月は好んで山に遊んだ。

登山戻れば灯籠ほのか草の宿（大正十二年）

日が暮れて登山から戻ったら、草の宿（草に隠れて住むような、簡素な家）にほのかに灯籠がともっている。「登山」が夏季。「燈籠」を秋の季語と解する余地もあろうか。

登山案内己が稗田に径《こみち》して（同）

登山の案内人は稗を作っている。稗田の中を抜ける小道を設け、そこを通って登山者を山へ導く。「稗田」は稗を植えた田のこと。稗は救荒作物だ。凶作の多い東北地方は、ある時期まで稗が多く栽培されていた。山麓のさほど肥沃でない土地に暮らし、手間賃稼ぎに「登山案内」を行う人物が想像される。

扇白く登山の客の逗留す（大正十二年）

登山客は登頂の日を待ちながら、座敷でくつろぎ、白い扇であおいでいる。避暑の宿も兼ねた登山の宿のたたずまいが想像される。

冬雲の明るき処なかりけり

大正十一年。冬の雲が浮いている。その雲は、明るいところが一か所もない。雲によっては、暗く凝ったようなところもあれば、光の加減で明るいところもある。明暗や濃淡が一様ではない。ところが、この雲は一様に暗い。「明るき処なかりけり」というくらいだから、ある程度の大きさの雲だ。作者は雲の隅々まで見た。しかし、ついに「明るき処」は見出せなかった。その諦めのような心境を「明るき処なかりけり」といった。

「冬雲の明るき処」まで読んだ時点では、読者は、日の光を得て明るく輝く雲を思い浮かべる。ところが「明るき」という言葉は瞬時に裏切られ、「なかりけり」に至って雲の様相は暗転する。言葉遣いは単純だが、一様に暗い色を湛えた冬の雲がありありと想像される。

情景の句として秀吟だが、心境の句でもある。『露月句集』には「長女死亡」と前書があって、この句と次の句が並んでいる。

冬雲と流るゝ茶毘の煙かな

大正十一年一月二十五日、露月は長女石蕗を失った。享年十六歳。冬雲とともに、荼毘の煙が流れてゆく。この「冬雲」の二句は、悲痛な心境を託した句であり、しかも透明感がある。
同年五月三日の日記に「雨、石蕗百ケ日（実ハ明四日也）新墓地ニ埋骨ス」とあり、露月はその模様を句に詠んだ。

白骨を埋むるに雨の落花かな

白骨を埋めるとき、雨の中を桜が散っている。
石蕗の死後、露月は追善の日を重ねた。日記によると、二月二十五日「石蕗、仏送リ、白骨ヲ臨時ニ　来客二十名」、二十八日「石蕗三十五日」、三月二日「石蕗礼状一半発送」、四日「虚子、小蛄へ「親鴉」ノ補ヲ発送ス」、十五日「石蕗五十ケ日、和尚、家兄、小山ノミヨ、種沢、ユキ来ル」とある。「親鴉」とは石蕗を追悼する文集「子鴉親鴉」のこと。そして四月二十四日には「桜咲キ出ス」とある。

はやうもれゆく骨壺や春の雨

春の雨が降る中、早くも骨壺が土に埋まった。

春雨や見るまにぬれし土饅頭

骨壺を埋めた土饅頭があっという間に春雨に濡れていった。

春雨のおのづから垂る墓辺の樹

墓のそばに木があって、おのずから春雨の雫が墓に垂れる。悲しみを押し殺したような句だが、「はやうもれゆく」「見るまにぬれし」「おのづから垂る」といったあたりに思いが表れている。

此頃の悲しき色や冬の雲（大正十一年）

「亡長女一周忌近づく」と前書。「冬雲の明るき処なかりけり」と同様、この句も悲しみを冬の雲に託した。

雪積みて黄泉《こうせん》いよゝ遠きかな（大正十二年）

「長女一周忌墓参」と前書。黄泉にいる娘と露月とを、墓に積った雪が隔てている。

手にありて鋸《のこぎり》鈍き寒さかな

大正十二年。鋸の切れ味が鈍い。「手にありて」だから、じっさいに木を挽いている。寒い。鋸は切れない。心の挫けることばかりだ。だが「手にありて」は、目の前の物事を手でしっかりつかもうとする気持ちの表れでもある。

前書に「ストーブの薪を挽くべく鋸の古物を買ふ、磨り減らして優に廃物級に入るもの、価五十銭」とある。「廃物級」の鋸にてこずる作者。そのように読めば、軽いユーモアとペーソスの句だ。しかし、句の背景には、長男菊夫の病臥という事情がある。

肋膜炎が悪化した菊夫は大正十一年十一月から自宅で療養。翌年五月に亡くなった。「二階の書斎を長男の病室とす」と前書のある「折ふしは冬至近き日さす故に（大正十一年）」という句がある。掲句は、その長男の病室のストーブに焚く薪を挽いているものと解したい。この頃の菊夫と露月の日記には「ストーブ」の話題が出てくる。

長男の病状は絶望的だった。それでも四十九歳の露月は、病人を寒さから守るため、鈍い鋸を手にして黙々と薪を挽いた。
病中の長女を詠んだ「紙鳶絵書く弟を見てものいはず」と同様、掲句は、子どもを看病する父親の句だ。

我子病めば死は軽からず医師の秋　石島雉子郎《きじろう》（大正三年）

雉子郎は救世軍の士官だった。「我子病めば死は軽からず」は、第三者の立場から医師の心情を穿った。露月の場合、自身が医師として重病の我が子に対した。俳句はわずか十七音。一見素っ気ない露月の句だが、そこに医師でもある父親の沈鬱な思いが籠っている。

春寒し母の病に花もなし（明治三十六年）

露月の母は明治三十五年秋に脳溢血で倒れ、翌年五月に死去。享年六十二歳。掲句はまだ春の寒い頃だ。母の病床に手頃な花もない。春寒という季語が淋しいが、あえて比べるならば、逆縁となってしまう長女や長男を看取った句のほうが、より沈痛だ。
以下、親交のある俳人の病中のさまを詠んだ句をあげる。

草芳しと見つゝや草履作るらむ（大正十五年）

「病非弗《ひぶつ》と邂逅す。曰く病間草履を作ると」と前書。木村非弗（明治六〜昭和十三年）は船岡村（現大仙市）に住んでいた。「灯火親し垣根伝ひに人の来て」「幹打つて飛ぶ時光る木の実かな」「背を出してのぼる魚あり花芒」などの作がある。

「草芳し」は春に萌え出たばかりの匂うような草のさま。庭先に萌え出た草を眺めながら、非弗は病中のつれづれに草履を編んでいた。同じときの句に「慵《ものう》しや衣を払ふ花の塵」がある。まだ本調子でない病人が、着物についた桜の花びらをけだるそうに手で払ったのだろう。

露月は人を看取る人だった。

父も母も牡丹散りしを知らざりき

大正十二年。長男菊夫を亡くしたときの句だ。「亡児のために仏の花を剪《き》らんと庭に出でし妻、いつのまに散り果てし牡丹に驚く」と前書がある。明治三十五年十一月に生まれた菊夫は大正十二年五月に病死。菊の頃に生まれた子で「菊の酒」は不老長寿を願うもの。その菊夫が牡丹の頃に亡くなった。この句は「父も母も悲しくて、牡丹が散ったことを知らなかった」と、亡き子に呼びかけている。

汝に告ぐ豌豆《えんどう》の花白かりし（大正十二年）

「菊夫が弟に蒔かせし豌豆の実となりしかば母は煮て仏にや供じけむ」と前書。「汝」は菊夫のこと。エンドウの花の色は、咲いてみないとわからない。エンドウの花を見ずに死んだ菊夫に対し、「豌豆の花は白かった」と告げた。豌豆はすでに実となっている。その花が白かったのも既に過去のこと。子の死後、父母にとって虚しい月日が過ぎてゆく。前書にある「母」は菊夫の母、すなわち露月夫人。

この苺の香よ色よ徒に腐りゆく（同）

「菊夫が友遥々仙台よりいちごもて来て位牌の前に泣く、我も泣く」と前書。イチゴは霊前に置かれたまま。やがてその色や香は失われてゆく。そのことも早世のかなしみを思わせる。

露月は大正十一年一月に長女を失い、翌十二年五月に長男を亡くした。亡き子を偲ぶ句には無常の思いが濃い。

療養中の菊夫に対する露月の思いがうかがわれる句がある。

折ふしは冬至近き日さす故に（大正十一年）

「二階の書斎を長男の病室とす」と前書。病人のため、日当りのよい書斎を病室にした。だが、病状は絶望的。「冬至近き日さす故に」とは、亡くなるまでの間を暖かく過ごさせようという親心だろう。病篤き子を持つ親にとって、子の病床に折々にさすのが弱々しい冬の日であることが切ない。

ここで最後の半年を過ごした菊夫は、窓から見える景色を「一尺の空」と称して短い随筆に綴り、それを日々の日記の中に挿入した。冬至に近い十二月十二日付の日記と「一尺の空」を以下に引く（『俳人石井露月の生涯』）。

朝ストーブを焚いた、非常に具合がよい。随分寒い日で、外の室は氷点下に達しているそうであるが、此室はストーブのおかげで六十度内外を保っている。

「一尺の空」ストーブの煙突に霰がパリ〳〵音を立てる時、軒先の垂氷が物さびしい色に変る。

「六十度内外」は摂氏十五度程度。十二月十二日の露月の日記に「雪、始メテ病室ニストーブヲ焚ク」とある。病める二十歳の菊夫のため、四十九歳の父露月はストーブを焚いた。おそらくその日の朝、二人はストーブのことを話したに違いない。

秋立つか雲の音聞け山の上

大正十二年。「秋立つか」は「秋が来たのか」という意味。山の上で雲の音を聞く。「秋立つか、雲の音聞け、山の上」と声に出して読むと、秋という季節が雲となって山の上に浮かんでいるような感じがする。

「雲の音聞け」は、自分自身に向かって「聞け」と言ったのだろうか。あるいは、自他の区別なく、あらゆるものに向かって、あの雲の音を聞けと呼びかけているのだろうか。

「雲の音」とはどんな音だろうか。風の音ではない。擬人化した雲の声でもない。心の耳を澄ますと、白い雲から「雲の音」が聞こえてくるのだろうか。

「草庵一宿の静薫《せいくん》暁起登山す」と前書がある。大正十二年八月七日、貝塚静薫という若い俳人が訪ねてきた。露月のすすめで、静薫は露月宅に近い高尾山に登った。下山した静薫に、露月は「秋立つかと雲の音聞け山の上」という句を示した（工藤一紘『俳人・石井露月』、伊藤義一『天地蒼々』）。高尾山に親しんでいた露月は、静薫の眼に映っただろう山や雲を思い描き、居ながらにして句をなしたのだ。

この句は最初「秋立つかと雲の音聞け山の上」だった。露月はその後、「と」を消した。「秋立つかと雲の音聞け山の上」と「秋立つか雲の音聞け山の上」。一字の違いだが、句の印象は違う。

「秋立つかと雲の音聞け」は「秋が来たのかと心に思いながら雲の音を聞け」という意味。「秋立つか」は、助詞の「と」を介して「雲の音聞け」に掛かる。山の上にいる静薫に対する、その場にいない露月からのメッセージだとすれば、「静薫よ、秋立つかと心に思いながら、雲の音を聞きたまえ」という意味だ。そのように静薫に対して呼びかけるのは、素直な俳句の作り方だ。しかし、助詞の「と」があるため、「秋立つか」がストレートに響いてこない。

いっぽう「秋立つか雲の音聞け」は「秋が来たのか。

高尾山中腹からの風景（2024 年 10 月 14 日撮影）

雲の音を聞け」という意味。「秋立つか。雲の音聞け。山の上」と三段切れになるものの、助詞の「と」を消したことによって「秋立つか」も「雲の音聞け」もストレートに響いてくる。「秋立つか」から、間髪を入れずに「雲の音聞け」と言い放つ、その調子は強く、鋭い。

この句は、句作時は静薫への呼びかけだったが、「と」を取っ払ったことにより、作品は独り歩きする。

「秋立つか、雲の音聞け、山の上」は、一個の人間として雲や山に向い合っている作者自身の心の声だ。「と」がないほうが、句が大きくて魅力的だ。

みそ萩をこぼして魂の去りけらし

大正十二年。仏前に供えたミソハギの花がこぼれた。霊魂が去って行ったのだ。「みそ萩」は湿原や小川の縁などに見られる野草。お盆の供花に用いられる。「一銭の鼠尾草《みそはぎ》買へり墓参（明治三十六年）」とあるように、供花として売られることもあった。ミソハギも秋の季語だが、「魂の去りけらし」があるので魂祭の句と解する。

露月は大正十一年に長女、翌十二年の五月に長男を亡くした。大正十二年の盂蘭盆会は逆縁の子どもたちの供養となった。以下、その年の句を引く。

虫くひの鬼灯《ほおずき》悲し魂祭

魂棚に飾った鬼灯は虫食いだった。我が子のための鬼灯だと思うとそんなことも悲しい。

草花の数をつくして魂祭

親として、草花を供えることしかしてやれない。

夜嵐や魂棚更けて灯一ツ

嵐の夜の魂棚。燈明の灯が一つ淋しげに。

魂棚や夜の間にからぶ蓮の飯

蓮の飯は蓮の葉に包んで蒸したおこわ。お盆の供物にする。一晩のうちに蓮の飯が乾びる。こうして盂蘭盆会が終り、子どもたちの霊魂は家を去ってゆく。ほんのわずかな間に時が経ち、ものが移ろう。そんな切ない思いが「夜の間にからぶ蓮の飯」に託されている。

魂棚に魂来ますらん庭の月 (明治四十二年)

盆の月を眺めながら、魂棚に魂が来ることを想像している。

風が吹く仏来給ふけはひあり　虚子 (明治二十八年)

も同じ素材を詠む。虚子の「風が吹く」は、詠み方が図太い。露月の「魂来ますらん庭の月」のほうが、しめやかな感じだ。

魂棚の蓮も供物も干からびぬ (大正五年)

さきほどの「魂棚や夜の間にからぶ蓮の飯」と似ている。「蓮も供物も」は供物の野菜とその下に敷く蓮の葉か。「蓮も供物も」と大まかに括り、ざっくりとした詠み方だ。

これに比べ、さきほどの「夜の間にからぶ」はきめ細かな捉え方だ。「からぶ」ものを「蓮の飯」に絞ったことで、おこわの質感が想像される。「魂棚の蓮も供物も干からびぬ」から「魂棚や夜の間にからぶ蓮の飯」へと、句の味わいは深まっている。

魂祭る花になりゆく一穂草（大正六年）

供花とした一本の穂草は、穂が花になりつつある。その花もやがて絮になる。この句も時の移ろいに着目した。前書に「碧潭子《へきたんし》追悼」とある。中村碧潭子は秋田県由利郡大正寺《だいしょうじ》村（現秋田市）在住の俳人。「蚕室やぬれたる桑に灯の走り」などの句がある。「花になりゆく一穂草」に故人を悼む情を感じる。

蕪の神大根の神やかむはかり

大正十二年。「かむはかり（神謀り）」とは、神々の相談。ここでは神無月に神々が出雲に参集して縁結びの相談をすること。

「黙雷新婚」と前書がある。船山黙雷は露月門の俳人。草花の筆名で佐々木北涯の評伝を書き、露月の文集『蜩を聴きつゝ』の編集にあたった。

神謀りに参集した神様のなかには蕪の神や大根の神がいる。蕪の神、大根の神が持って来た男と女がめでたく夫婦になったのだろうか。蕪と大根をならべたところ、露月の結婚のときに子規が詠んだ「茄子臭き南瓜くさき契哉」や、露月自身が詠んだ「瓜茄子ころがり合へる縁かな」を思い出す。

黙雷の結婚にさいしては、秋田俳壇における露月のライバルだった安藤和風《わふう》が「冬の灯に親し針箱文机」（句集『仇花』）と詠んでいる。黙雷夫人の針箱と、黙雷の文机が冬の灯火のもと、仲良く並んでいる。和風のいかにも真面目な祝句と比べ、露月の「蕪の神大根の神」は大胆だ。

蕪と大根も冬の季語だが、「かむはかり」があるので、『露月句集』は「神の旅」の句と扱っている。

枯菊を後ろに神を送りけり (明治三十九年)

出雲へ旅立つ神をお送りする。菊はすでに枯菊となっている。そんな菊畑が背後にあって、神々が旅する初冬の空を遠く見やる。

奥の田は水も落さず神の留守 (明治四十年)

「奥の田」は山間の奥にある田んぼ。本来、稲刈の前には田水を落とす（排水する）。「落し水」は秋の季語だ。だが、この田んぼは水を落とさぬまま、初冬の神の留守の頃に至った。神の留守の物寂しげな情景だ。

大川の減りゆく水や神の留守 (同)

晩秋から初冬にかけて日和が続き、大きな川も水嵩が減ってゆく。そのような澄み寂びた川の景にも神の留守の趣がある。「水涸《か》る」「川涸る」という冬の季語もある。

残る菊の黄がちとなりぬ神の留守 (同)

冬になり、咲いている菊も黄色い小菊が多くなった。これも神の留守の情景だ。

神を送る峰又峰の尽るなき (明治四十五年)

出雲へ旅立つ神を送りつつ、これから神が辿るはるかな旅路を思い描く。風や雲にのって空をゆく神の眼下に、峰また峰の山脈が尽きることなく、どこまでも続いている。

「神の旅」や「神の留守」の句を拾った。初冬の自然の様相と取り合わせた静かな感じの佳句が多い。結果的に季重なりとなった句もある。

凩に生きて届きし海鼠《なまこ》かな

大正十二年。海鼠を送って来たのか、行商の荷に海鼠があったのか。木枯しの吹きすさぶ中、露月山廬に届いた海鼠は生きていた。包丁を入れようとすると縮んで潮を吐いたことだろう。海底を這っていたところを捕獲された海鼠はそのままの姿で陸送に耐えた。酒好きの露月にとって海鼠は格好の酒肴だが、この句は一個の命あるものとして扱う。

東の方海に入つて海鼠を見たりける（明治二十九年）

覇業未だ成らず海鼠に恨あり（同）

これらは子規が「明治二十九年の俳句界」で「尽く奇怪斬新、常人の思ひ得る所にあらず」と評した句。露月はその後も、

其まゝに死んでしまひし海鼠哉（明治三十二年）

乾坤の中に生れし生海鼠《なまこ》哉（明治三十三年）

別れとも知らぬ海鼠の哀れかな（明治三十四年）

などと詠んでいる。

子規は新人の露月を顕彰すべく、その句を「奇怪斬新」と持ち上げた。これらの海鼠の句は「奇怪斬新」だが、発想や用語の奇を衒った句であることは否めない。子規と別れて帰郷してからの「其まゝに死んでしまひし」「乾坤の中に生れし」「別れとも知らぬ」なども、海鼠が不格好な生きものであることに興じた句だ。

露月の海鼠の句が変わって来たと思わせるのは、次の句だ。

巌が根のゆるがじとする海鼠かな（明治三十六年）

海中の巌の根にとどまっている海鼠を、「ゆるがじ」という意志を持つもののように詠んで俳諧にした。さらに、

夜窃《ひそ》かに生海鼠の桶を覗きけり（明治三十九年）

は、生きた海鼠を入れた桶を夜中にこっそり覗く人物（作者自身）を描く。俳味のある作だ。海鼠の桶を覗くことに何の意味もないのだが、大の大人が素朴な好奇心でそんなことをする。それを真面目くさって句にしたところが面白い。

雲に巻舒《けんじょ》あり海鼠を相《み》ると孰《いず》れ（同）

「白雲巻舒」「風雲幾巻舒」というように、雲には巻舒（伸縮）がある。海鼠を見ると、海鼠に

もいろいろな形があり、伸縮もする。「巻舒」とは雲のことだろうか、海鼠のことだろうか。とぼけた事柄を重々しく詠んだところに可笑しみがある。それだけでなく、長いのや丸いのがごろごろと居る海鼠の海鼠らしさを捉えたところに句柄の落ち着きを感じる。

子規をして「奇怪斬新」と言わしめた「東の方海に入つて海鼠を見たりける」から、重厚な俳味の「凩に生きて届きし海鼠かな」へと、露月の海鼠の句は進化した。

叫ぶものに皆いのちある吹雪哉

大正十二年。吹雪のなかに叫ぶものがある。その叫ぶものは皆、命を持っている。句の形は格調高いが、そのままだとイメージが湧きにくい。まず「叫ぶもの」だが、吹雪のなかで叫ぶといえば、例えば、吹きつけられて声ならぬ悲鳴をあげる樹木だろうか。草木国土悉皆成仏というように、無生物にもアニミズム的な「いのち」が宿っていると考えれば、岩や山も吹雪に呼応するかのように声なき叫びをあげる。この句の根底にあるのは、吹雪の様相をそのように感じる原初的な感性だ。

このような鑑賞は、句が生まれた事情を捨象し、十七音のテキストとして読んだ場合のもの。そのいっぽうで、その句を詠んだときの作者の事情に即した鑑賞をする場合もある。俳句の読み方には、純然たるテキストとして読む場合と、作者の日記や私小説のように読む場合と、二通りのアプローチがある。そのどちらかが正しいというわけではなく、いろいろな読み方を楽しめばよい。

この句には「大吹雪中往診途上渡頭」と前書がある。この模様を述べた露月の消息文を引く（「雲蹤」第二号。高木蒼梧『俳諧史上の人々』より引用）。

元日午前、雄物川上手の渡しを越えて重患に往診。帰路流氷頻至。午後下手の渡しを越えて他の重患に往診せんと行くこと半里、流氷の為め渡船止まり、風雪の中を空しく帰る。

枯れ〳〵し藪や茨《ばら》の実生きてあり

二日、下手越しの重患より屈強の男五六人迎いに来り、雪車にて行く、風雪濛々《もうもう》の中大樹怒号し、小樹悲鳴す。渡頭に至れば流氷水面を覆わんばかり、氷塊と氷塊との間隙を狙いて船を行《や》る老船頭の暗唖叱咤も風雪に吹き千切られ咄として空中に飛ぶ。

叫ぶものに皆いのちある吹雪哉

この状況で吹雪のなかで叫ぶのは、船頭だ。「風雪濛々の中大樹怒号し、小樹悲鳴す」とあるので、木々も叫ぶ。「叫ぶものに皆いのちある吹雪哉」とは、船頭も木々も一切のものが吹雪のなかで、叫びをあげながら生きている、というのだろう。

「枯れ〳〵し藪や茨の実生きてあり」は、枯れた藪のなかにあって、茨の実だけが生命の希望であるかのようだ。重患の往診に向かう露月には、生死の境にある病人の命が「生きたい」と叫んでいるのが、吹雪の彼方から聞こえていたのかもしれない。

『俳諧史上の人々』の著者高木蒼梧は、露月の凄まじい往診のさまを紹介しつつ「前後三十年の久しき間、一開業医として村人の為めに尽瘁《じんすい》し、所謂仁術を実行したるものにて、その徳化は郷関に普ねく、村人は彼を師父の如く敬慕した」と結んでいる。

凍蝶《いてちょう》も知章《ちしょう》が馬に舞出でぬ

大正十三年。杜甫の「飲中八仙歌」に「知章が馬に騎《の》るは船に乗るに似たり。眼花さき井に落ちて水底に眠る」とある。唐代の詩人の賀知章は酒を愛した。その酔って馬に乗る姿はまるで船に乗って揺れているごとく、酔眼がちらちらするので井戸に落ち、水の中で眠るという。奇矯な話だが「知章は奇人なれば必ずや嘗てかかることありしならん」(『国訳漢文大成』)という。

露月は馬で往診に出かけた。酒を好む露月は往診先で酒を振舞われ、そのまま馬に乗ることもあったのではなかろうか。そんな露月自身の姿を、賀知章にことよせて詠んだのかもしれない。「凍蝶」はじっとして動くことのない冬の蝶。その蝶が、酔って馬に乗る詩人の酔狂さにつられ、うっかり舞い飛んだか。あるいは、馬があらぬところへ踏み込んで、驚いた蝶が舞い立ったか。

なお、この句には「千嶽が売出しの酒に花巴と命名す」と前書がある。自分が酒の命名者となったことを面白がって詠んだ句だ。

露月には古典に取材した佳句がある。

けしの如く敦盛死して夏の雨（明治四十一年）

平敦盛は平家物語の登場人物。一の谷で熊谷直実に討たれた。青葉の笛を愛した悲運の貴公子だ。そんなイメージを、この句はケシの花に託した。

「露涼し夜と別る、花の様（昭和三年）」の前書に「慕わしい、なづかしい夏の朝に日々直面して生き甲斐を感ず。早起、門前の畑にはしれば罌粟《けし》ひらひらと咲いている」とある。露月はケシが好きだったようだ。ケシは鮮やかだが、花びらは薄弱。屈強の熊谷にあっけなく討たれた敦盛は美しい甲冑を身につけ、ケシのように美しく、はかなかった。

仮に「けしの散る如く敦盛死して」だったら、花が散るように死んだという比喩になってしまう。敦盛その人がケシのようだという比喩の魅力が薄まるのだ。しかも、死を散華に喩える発想の通俗性が露呈する。この句は、「散る」という言葉を使わずに「けしの如く敦盛死して」としたのがよかった。

夕立、白雨、驟雨《しゅうう》などといわず「夏の雨」とした下五もいい。あたりをさっと濡らす、明るい感じの夏の雨であることが、この句に清新な印象を与える。

紙魚出づる頃に終りぬ嵯峨日記（同）

紙魚は夏の季語。芭蕉が「嵯峨日記」を擱筆したのが、ちょうど紙魚の出る頃だった。「嵯峨日記」は、芭蕉が、落柿舎（門弟である去来の別荘）に滞在して書き記した日記。卯月（旧暦四月）十八日に始まり、翌月四日に終る。最後の日に書き記した「五月雨や色紙へぎたる壁の跡」には梅雨どきのもの憂い気分が漂う。露月が「嵯峨日記」を手にとったのも紙魚の季節だった。

掃へども紙魚出る事よ諸子百家（同）

ときには空論に走った諸子百家の論客たちを、紙を食う紙魚に喩えて面白がっている。「嵯峨日記」や諸子百家に、紙魚という卑俗なものを取り合わせところが俳諧だ。

東北へ斜に南瓜棚仆《たお》る

大正十四年。南瓜を植えて棚に蔓を這わせた。実が出来る頃、棚が倒れた。風のせいだろうか。露月はしばしば南瓜の棚を詠んでいる。

風蕭颯《しょうさつ》たり南瓜棚ほぐす（大正六年）

秋風が淋しい。南瓜の棚を解きほぐして片づける。

例年の南瓜棚花盛りなり（大正八年）

例年通り、南瓜の棚は花が盛りだ。

嵐吹いて尚棚にある南瓜かな（大正十三年）

嵐が吹いてもなお、しっかりと棚にある南瓜よ。

大正十四年作の掲句では、棚は斜めに倒れた。倒れた向きが東北だった。詞書に「山廬即事」とある。作者自身が興がるとか、読者を面白がらせようとか、そういう了見はない。「東北へ斜に」という、どうでもよさそうなことをそのまま句にした。この句には素朴なリアリズムともいうべき味わいがある。「仆る」は「凶弾に仆れる」などと使う。南瓜の棚には大げさだが、「冬の日や樹を伐仆す五六本（明治四十年）」などという用例があり、露月の用字の好みと思われる。

露月には方角を詠みこんだ句がある。

東より西に過ぎたる田螺かな（明治三十九年）

東から来た田螺が西へ通り過ぎた。化け物のような巨大田螺ならいざ知らず、田んぼを這う田螺に「東より西」は大げさだが、真面目なのかふざけているのか見当がつかない。そこが魅力だ。

陸奥の牧東に開け春の海（同）

「陸奥」と呼ばれる地域には古来、馬を産し、「牧」と称する放牧地があった。その「牧」は太平洋のある東の方角に向かって開けている。

春の雨煙るが中の日は南（大正十一年）

細かく煙る雨のなか、南の空にうすぼんやりと太陽の輪郭が見える。「日は南」が春のあたたかさを感じさせる。

雨細し雲雀揚れば日は南（大正十三年）

雨はやみそうだ。空で雲雀が鳴きはじめた。さきほどの「春の雨煙るが中の日は南」と同様に、南の空に太陽の輪郭が見える。

北を指せば東に聳ゆ雲の峰（大正十四年）

「北海道行」と前書。俳誌「雲蹤」に載せた旅行記から以下に引く（『俳人石井露月の生涯』）。

旱天六旬、山中草木悲む。昨、雷雨一過、山人吟興北海道に向って動く、必しも炎涼の故に非ず。今三日、山を出づ、相伴うもの凡化、蒓江、凱風《がいふう》の三子。

北を指せば東に聳ゆ雲の峰

只今青森駅舎に在り、湾頭月太だ佳　八月三日夜。

東に聳える雲の峰を見つつ北へ向かった露月は、翌四日早朝に函館に到着した。「北を指せば東に聳ゆ」は旅心の高揚を伝える。

百尺に錨沈みぬ秋の水

大正十四年。「支笏湖」と前書。八月二日の日記に「明日、北海道出発ノ準備ヲスル」。その後、函館から札幌に至り「円山公園、植物園、博物館、大学アタリ、中嶋公園、豊平橋等見物」。「小樽」「稚内」「旭川」「支笏湖」「苫小牧」を経て「室蘭ヨリ青森直航」とある。

支笏湖に遊んだのは立秋の頃。日記に「支笏湖行ノ軽鉄ニ乗ル、晩到着、／山中雨アリ、湖岸休憩所ニ宿ス／姫鱒ノ料理也」「朝風アリ、舟ヲ湖中ニ浮べ釣ナドス」とある。「錨沈みぬ」とは、支笏湖に舟を浮かべたところ。「秋のころのよく澄みわたった水」（『最新俳句歳時記』）が「秋の水」の本意だ。支笏湖は水深約三百六十メートル。「百尺」は誇張ではない。

「百尺に錨沈みぬ」とは、錨が澄み切った水の中を沈んでゆく様子。「沈みぬ」の「ぬ」は完了の助動詞。「沈んだ」というくらいの意味だ。じっさいは船頭が錨を沈めたのだが、他動詞の「錨沈めぬ（錨を沈めた）」ではなく、自動詞の「錨沈みぬ（錨が沈んだ）」を用いた。それによって、錨が錨自身の重さによって沈んでいったかのように見える。目立たないが、巧みな表現だ。

北海道で露月は以下のような句を詠んだ（括弧内は前書）。

石露はれて河骨の細々と（北海道大沼に船を泛《うか》ぶ）
今朝秋や耳にあやしき駅路の名（北海道汽車中）
秋立つと目に白樺の白さかな（同）
後方羊蹄山端山裾山霧の降る（同）
奥蝦夷や樹海の端の女郎花（同）
青葡萄熊に非ずば何通ふ（同）
花豆や砂に相撲《すま》へる蝦夷の子ら（北海道白老村）

「汽車中」が多い。俳句の入門書には車窓俳句はうまくいかないとあるが、露月は車中に腰を据えて句を詠んだ。

「秋立つと」は「秋来ぬと目にさや豆のふとりかな　大江丸」のパロディか。「端山裾山霧の降る」は「はやま・すそやま・きりのふる」という調子が独特。「奥蝦夷や樹海の端の女郎花」もいい。女郎花は「女郎花少しはなれて男郎花　星野立子」のように雅やかに詠まれることが多いが、北海道の荒々しい自然の中の女郎花を詠んだのは新鮮だ。

比良暮雪『北海道俳壇史』（昭和二十二年）に「十四年八月には秋田の石井露月氏来道」という

記事がある。「札幌歓迎句会が催された」「小樽では水声、瓢斉など案内役をつとめた」。露月は「古代文字か不知海鼠の足跡か（於小樽）」「定山の魂も祭らず鴉鳴く（定山渓にて）」「夏霧に喬木の葡萄したたりぬ」「北を限る国の旅寝や天の川」などの「山人独特の主観句を残して去られた」とある。

当時の北海道の俳句関係者は、露月を大物俳人として遇したようだ。

我馬の伏屋の落葉踏鳴らす

大正十四年。「往診」と前書。「伏屋」は小さく低い家、みすぼらしい家。病人のいる伏屋に露月は馬でやって来た。掃く人もなく、落葉は溜まったまま。それを馬が踏み鳴らす。病人をかかえた貧家の様子と、そこに現れた医師の姿が想像される。「踏鳴らす」は強い表現だ。馬の踏み鳴らす落葉の音は、患者とその家族に医師の到着を告げる。「我馬」「踏鳴らす」という強い調子からは、医師としての使命感の高揚が読み取れる。

以下『露月句集』から「往診」と前書のある句を拾う。

北風を避くべくもなし馬の上（大正十四年）
むらしぐれ幾たび馬の躓《つまず》きぬ（同）
うつむきてしぐるゝまゝや馬の上（同）
枯野行く〳〵馬の蹄の高鳴に（同）
凪吹いて我を露はに枯野かな（同）

「北風を避くべくもなし」「幾たび馬の躓きぬ」「うつむきてしぐるゝまゝや」「風吹いて我を露はに」といったあたりに、冬の往診の厳しさがうかがえる。「馬の蹄の高鳴に」には「伏屋の落葉踏鳴らす」と同様、使命感の高ぶりが感じられる。

馬どころ馬皆美なり初嵐（大正十年）

と詠んだ露月には馬を題材にした句が多い。

葛水や馬の涼しき木下蔭（明治三十六年）

人は茶店に入り、葛水（葛湯を冷やした夏の飲物）で一服。馬も涼しげな木蔭にいる。

時ならず馬で山越す霰哉（明治四十年）

思いがけず馬で山を越すことになった。霰が降ってきた。

山吹や馬腹に及ぶ溢れ水（明治四十二年）

川の溢水か。馬の腹が浸るようなところを行く。山吹の花が鮮やかだ。

朝戸出の馬の肥えたり露しぐれ（大正四年）

「朝戸出」は朝、戸を開けて外へ出ること。「朝戸出の馬」は厩舎から出て来た馬だろうか。

我馬にむしり喰はるゝ野菊哉（大正十年）

我が馬が野菊をむしり取るように食べてしまった。芭蕉の「道のべの木槿《むくげ》は馬にくはれけり」

を連想する。

夏草に蹄ぬれ来る子馬哉（大正十三年）

露に濡れた夏草を踏んでやって来る仔馬の蹄が濡れている。

鮎川の石に馬蹄を轟かす（昭和三年）

鮎が釣れる川のほとりを馬で行く。川原の石を馬の蹄が踏む音が響く。

こまぐ〵と垂氷《たるひ》す春の暁《あかつき》に

大正十五年。「垂氷」は氷柱。春とはいえ寒さが厳しい。明け方の軒から、解けた雪の雫が再び凍って出来た細かな氷柱が幾つも下がっている。以下、加賀谷一雄の鑑賞を引く。

春暁に、こまごまと垂氷する光景は東北特有の風物であろうか。東北では、春めいてくると日中の暖気が屋根の残雪をとかして、小さな雫が屋根を伝いはじめる。この雫を暁の冷気が、無数の垂氷と化して軒下につける。こまごまとした垂氷の連続。それのみですでにお伽の国の幻想でも湧きそうな風景であるが、春暁と云う季語は、さらにその光景を豊麗にいろどる。垂氷のすき透る白の行列は、春暁を得て、あえかにもみやびやかな一幅の絵となる。しかもこの句は、単に描かれた絵としてのみは了らない。そのような絵をつくる自然の背後から、早春の夢をいざなう作者の胸のふくらみが伝わってくる。

それは又、東北人のすべての早春の息吹きを代弁してくれるものでもある。

（『寒雷』昭和二十六年九月号）

未明の光に見る「垂氷」は寒々としている。しかし、寒いばかりでなく、そこには「早春の息吹き」がある。ここで加賀谷は「春暁」に目をとめる。俳句の季語には、それぞれに固有の情趣（本意）がある。「春暁」の本意といえば、孟浩然の「春眠暁を覚えず」や『枕草子』の「春は曙」のような情趣だろう。

いっぽう女米木の春暁は「春は曙」とは違う、ものが凍る春暁だ。にもかかわらず「春暁」を詠んだ句は「春暁」の本意を念頭に置いて鑑賞しなければならない。

「春暁と云う季語は、さらにその光景を豊麗にいろどる。垂氷のすき透る白の行列は、春暁を得て、あえかにもみやびやかな一幅の絵となる」と加賀谷はいう。寒さが凝縮したような「垂氷」だが、そこに、生き生きとした光が宿るのは、「春暁」の事象としてそれを眺めるからだ。

もちろん、この句は「春暁」の情趣そのままの句ではない。むしろ「東北特有の風物」だ。だから「東北人のすべての早春の息吹きを代弁」する。

東北の春暁の厳しさと、伝統的な春暁の情趣とは違う。その違いを踏まえた上で、東北には東北の「春暁」の喜びがあることを、この句は発見した。「コマゴマト　タルヒス　ハルノ　アカツキニ」という、刻むような調子も含め、この句には「春」を喜ぶ弾んだ気分が感じられる。

残雪の清らに柳しだれけり（大正十五年）

柳は晩春の季語。本来、春風駘蕩たる風情だ。ところがこの句ではまだ、雪が残っている。残雪も春の季語だ。「残雪の清らに」とは、汚れていない純白の雪だ。この句は「しだれけり」という柳の本意と、雪国の残雪の情景とを取り合わせることで、雪と柳の新しい表情を発見した。

杯を啣《ふく》みて蟇《ひき》と相見たる

大正十五年。日が暮れての晩酌だ。杯をふくむ。そのまま庭を見るとヒキガエルがいる。こちらを見ている。露月は気持ちよく杯を重ねている。露月の姿がヒキガエルの目に映っている。露月とヒキガエルは視線を交わす。酒をのむ露月と、餌を捕るヒキガエル。「お互いに、今晩も美味そうにやっているな」という心持だろうか。朴訥としたユーモアも露月の魅力だ。

蟇出で、主人漸く酔来る（大正十五年）

夜行性であるヒキガエルが現れる頃、その家の主人は晩酌中。ちょうど酔いが回って来る頃だ。自分自身のことを「主人」と、他人のように言っているところに可笑しみがある。この句もまた、ヒキガエルと露月の交歓の一場面だ。

南天の花踏んで蟇出でにけり（同）

庭の隅の暗いところから、散りこぼれた南天の白い花を踏んでヒキガエルが出て来た。

茗荷《みょうが》林を浪々の身やひきがへる（同）

茗荷が生えているあたりをヒキガエルが這い進んでいる。ヒキガエルから見ると、茗荷の茎が群生するさまは「林」のようだ。「浪々の身」はおどけている。

萩早く莟《つぼ》みて蟇の名残哉（同）

早くも萩が莟をつけた。ヒキガエルが名残惜しそうに去ってゆく。「蟇の名残」はヒキガエルに感情移入した表現だ。この句にもおどけた気分がある。「蟇の名残」は「蚊の名残」すなわち秋の蚊と同様、夏の季語である蟇が、秋の蟇となったとの解釈もあり得よう。

闇の中に残りぬ蟇と庭石と（同）

とっぷりと日が暮れた。暗がりに取り残されたかのようにヒキガエルがいる。闇の中にある物体は、じっと動かぬヒキガエルと庭石と。

以下、小動物を詠んだ句を引く。

蝸牛の静かに物の花を見る（明治三十四年）

草木の葉の上にカタツムリがいる。咲いている花をじっと見ているかのように、角を伸ばしたまま、カタツムリはひっそりといる。カタツムリの角を目に見立てた。「物の花」は花の種類を特定していない。紫陽花でも何でもよい、そこに咲いている「物の花」だ。

悉《ことごと》く蛙となりぬ蛙の子（明治三十五年）

夥《おびただ》しいオタマジャクシがいなくなった。全て蛙になったのだ。身も蓋もない句だが、露月は真面目にそう詠んだ。

時ありて巨人の影や蛙の子（大正十一年）

しばらくすると巨人が現れ、オタマジャクシのいる水底に、その大きな影を映した。オタマジャクシにとって、折々にやって来る人の影は「巨人」さながらだ。

草花の種の光や秋の風

大正十五年。秋に咲いた草花の種を採る。秋の日ざしを受けて種はほのかに光っている。風の感じもしだいに秋が深い。加賀谷一雄はこの句を「田園的なリリシズムがみづみづしくたたえられた句境」と評し、次のように鑑賞する。

平凡な表現の中に、田園にすみついている人の凝視が感じられる。「種の光」で秋風も光っているのだ。ふりこぼれる草花の種の光りが秋風の中に見える。ここには秋風も光る清澄な境地があざやかに描き出されている。（「寒雷」昭和二十六年九月号）

「小閑、草花の種を採る」とあって『露月句集』に、掲句と「草花の種こぼれたり草の老」「草花の種ぞ穂末に残りける」「草花の種小粒なり日の秋に」「草花の種が飛ぶなり風の中」の五句が収められている。気持のよい秋の日、露月は興に乗って次々に句を書きとめた。

「草花」も秋の季語だが、「草花の種の光や風の中」ではなく、「草花の種の光や秋の風」としたことで一句が「秋風」の色に染まる。そこから「種の光りが秋風の中に見える」「秋風も光る清澄な境地」という鑑賞が導かれる。

草花の種こぼれたり草の老（大正十五年）

種をこぼして枯れてゆくことを草花の「老」と捉えた。「日に三たび糸瓜の老を省る（昭和二年）」という句もある。

草花の種小粒なり日の秋に（同）

草花の種は総じて粒が細かい。「日の秋」とは日輪も日光も秋だという意味。「秋の日」ではなく「日の秋」としたことで天地の秋が意識され、より広がりのある句となった。

ここで子規編『分類俳句全集』から「〇〇の秋」の作例を拾っておこう。

野路の秋我うしろより人や来る　蕪村

野道も秋だ。野道をゆく自分のうしろからも人が歩いてくるのだろうか。

くれずとも雨こそ夕窓《ゆうべ》の秋　宗祇

日は暮れていないものの、雨が降っていると、窓の外はさながら夕暮のようだ。そのような窓の秋であることよ。

日の秋や南天の実の影法師　百桂

日の光も秋になった。南天の実に影が出来ている。

草花の種が飛ぶなり風の中（大正十五年）

風が吹く中、草花は種を飛ばす。『露月全句集』には「草花の種採りに出《で》つ風の中」も収録されている。「種採りに出つ」は作者の行動であり、句に人物が登場する。いっぽう「種が飛ぶなり」は人物を消し、焦点を「種」に絞った。句としては「種が飛ぶなり」のほうが上質だ。

荒がねの毒と流るゝ紅葉哉

大正十五年。「荒がね」は鉱石。「毒」は鉱毒。清流を紅葉が流れている。上手に鉱山があり、流れは鉱毒を含む。鉱毒とともに流れる紅葉の色が、毒々しく妖しい。

鉱毒に遠く夕顔咲《さき》にけり（明治四十年）

鉱毒の地から遠い村に夕顔が咲いている。しかし、はたしてこの村が鉱毒と無縁かどうかはわからない。以下は明治四十年八月の十和田湖への旅行記の一節だ。

小坂の鉱山を遠ざかる程、今までの毛なし山が雑木山となる。朴の木が処々に陰を作って居る。紫陽花が路の両側に際限もなく咲きつづいて居る。右も左も山つづきで、山と山との間が底知れぬ谷である。小坂の硫煙の霧の如く連嶺を罩《こ》めたのが樹の間樹の間に見える。

（『蜩を聴きつゝ』）

小坂鉱山は「鉱害」で知られる。露月は村会議員を務め、政治や社会に対する関心は高かった。

資本家、地主が、其資本と利益とに超越し、労働者、小作人が、其の労力と報酬とに超越し、精神労働者も亦復た此の如く、そして為政者はこの労と資とに超越したなら、現下の葛藤、紛糾などの起るべき筈なく、幸に我輩の言を納れて、今からでもそう云う風に出来れば、すべての問題は竹を割るが如く容易に解決のつく事である。

政党が政権の得喪に超越するなら、それだけで憲政の美果が累々たるものであろうに、只々一面にへばりついている彼等の醜態、我輩の云うを欲せざる所である。（同前）

露月がこのように書いたのは大正九年、原敬内閣の頃。「超越」とは「へばりつく」の反対。邪念にとらわれず、その本分を全うするという意味か。

毛見の衆の芋を貪りくらひけり（明治三十六年）

「毛見」は年貢を定めるため役人が稲の出来を調べること。『俳句狸毫小楷《りごうしょうかい》』（明治三十三年刊。露月が序文を書いた）は、「毛見の衆の肩いからして見えにけり　墨水」という句を「大庄屋を案内に立てゝ、塗傘に野袴、厳めしき毛見の旦那たち」と解説する。「旦那」といってもいわゆる「吏」

であって、毛見が済むと、出された芋を貪る。

毛見衆に遅るゝ人や囁きぬ（同）

毛見の衆に機を下らぬ寡《やもめ》哉（明治三十七年）

钁鑠《かくしゃく》として毛見の衆を驚かす（明治四十年）

毛見の衆に郷先生の憤り（同）

役人に聞こえないように囁く人。役人にへつらうことのない寡婦。老人の矍鑠《かくしゃく》とした様子に驚く役人。役人の横暴に憤る「郷先生」（いわゆる村夫子）。農村の人間模様が露月の目に映っている。

木枯や脂がゝりし魚の味

大正十五年。「能代勢大挙来襲日夜奮闘す」として、掲句の他、

木枯や京のくさびら遅れつく

など十句を詠んだ。「くさびら（茸）」のほか「魚」「酒」「芋」などが詠まれている。能代の句友との句会の合間に食事を楽しんだのだ。

「脂がゝりし魚の味」とは、魚に脂がのって来たという意味。「脂のりたる」だと美味そうだが、「脂がゝりし」は単純に味覚のことではなさそうだ。木枯しが吹いて海にも冬が来た。そんな時空の様相を、魚の食味を通じて感得したのだろう。

気象と魚介を取り合わせた句といえば、夏目成美の「魚食うて口腥《なまぐさ》し昼の雪」、芥川龍之介の「木がらしや目刺に残る海の色」、久保田万太郎の「ばか、はしら、かき、はまぐりや春の雪」などを思い浮かべる。どれも江戸風の洗練された感覚の句だ。食通気取の江戸っ子は「脂がゝりし魚の味」とは詠むまい。「木枯や脂がゝりし魚の味」は大きな天地を感じさせる、骨太な句だ。

「能代勢大挙来襲」の句から、冬構の句を引く。

到来の五升の酒も冬構（大正十五年）

到来した五升の酒を蓄えることも冬構（冬籠の準備）のうちだ。酒の好きな露月らしい句だ。「到来」という言葉にうれしさが感じられる。

思ひきや芋山の如し冬構（同）

自分で作った芋と到来した芋と、冬構をすませたわが庵に、山のように芋がある。これで大丈夫だ。「山の如し」は量が多いことだが、そればかりでなく「山人」と名乗り、自宅を「山廬」と称した露月の前に、芋が山をなしている。そのことに巧まざる可笑しみを感じる。

「思ひきや」は、思いもかけずという意味。たとえば「思ひきや別れし秋にめぐりあひてまたもこの世の月を見むとは　藤原俊成（昨秋、病気になり出家したが、思いがけず、今年の秋まで生きながらえてこの世の月を見ようとは）」という歌がある。このように用いられてきた「思ひきや」を、芋の山を見た驚きに用いた。そこにもおどけた味わいがある。

冬構梅の古木は与《あず》からず（同）

家屋には冬構を施したが、庭にある梅の古木は冬構の恩恵を蒙《こうむ》ることなく、この冬も風雪にさらされる。

我庵は冬を構へず山河在り（同）

「庵」という程度の我が家だ。大げさな冬構をすることもない。庵のまわりには、見なれた山河がある。「冬構」を「冬を構へず」と用いたのは自在な詠み方だ。さきほどの「思ひきや芋山の如し冬構」と同時作。「山河在り」のなかには芋の山もある。

杯を置けば鳰《にお》啼く別れ哉

大正十五年。誰かと酒を酌み交わしている。この場が終れば相別れるという場面。杯を置いたとき、かん高く鳴く鳰の声が聞こえた。この句を加藤楸邨は次のように鑑賞している。

「鳰啼く別れ」は折に触れて面白い把握であるが、それだけでは必ずしも心を留めるほどのものではない。「杯を置けば」というところに別れの気分がよく出ているのである。

（『俳句の解釈と鑑賞』）

「杯を持てば鳰啼く別哉」でも句として成り立つが、杯を置くことでしんみりした気分が出る。

露月は大正十五年八月に新潟、佐渡、高岡等を旅行。高岡の木津楼で酒宴を持ち、地元の俳人たちとの別れを惜しんだ。この木津楼には臼田亜浪《あろう》や荻原井泉水《せいせんすい》なども訪れている。おそらく地元の俳人が、来訪する著名俳人を接待した「旗亭」（料亭）なのだ。このとき露月を案内した高岡の俳人山口花笠《かりつ》は、以下のように記している。

僕の最初の計画では此日直ちに黒部峡に入るのであったが、京阪の人達は帰路を急がれたので、黒部の方へ電報して準備を取消して貰って、旗亭木津楼に入り別離の情を盃に託し、此夜東西に袂を分たれた、翁の名を知って以来三十年、初めて相見ることを得たのである。

杯を置けば鳰啼く別れ哉

これが高岡に於ける最後の一句であった。

（「懸葵」昭和三年十一月号）

どうやら、高岡から黒部峡谷に行く計画だったのを変更して、木津楼閣の酒宴となったのだろう。この旅行で露月は多くの句を得た。

浜草の秋咲く花に暑さ哉

浜の草花が花をつけている。秋の暑さが厳しい。

三郡の水平らかに稲の花

このあたりの三郡は平らかに水を湛え、稲の花の季節となった。

黄金掘る山痩せにけり花芒

金鉱の山は痩せてしまった。花芒が風になびいている。

浦波に足ぬらし来つ胡麻の花

浦波に足を濡らしながら来たこの里。胡麻の花が咲いている。

樹の奥の鳩啼きやめば露しぐれ

木立の奥の鳩が啼きやんだとき、はらはらと露しづくが降ってきた。

昔人ひた縋りけむ葛の花

昔の人は懸命に蔓に縋って山道を行ったのだろう。その葛に花が咲いている。

西東と釣りぬ大きな蝲二ツ

西と東に並べて釣った大きな蚊帳。

幾秋の泉を旅の鏡かな

幾秋を経た古い泉を鏡とし、旅人である自分を映す。

昭和の句

山焼の燧袋《ひうち》も古りにけり

昭和二年。春に山を焼くための燧袋も古くなってしまった。「燧袋」は火打ち道具を入れ、腰に下げて携帯した袋。皮や織物でつくられ、口を緒でくくる。お守や銭、印形なども入れた。以下、水原秋桜子の鑑賞を引く。

春も早い頃、この里では山焼をする。星の多い夜空に、炎をあげて山々の焼けゆくさまを見ていると、若い頃はうら悲しい気持になったものだ。今は年老いてそんな感傷もなく、ただひとつの仕事と思うだけになったが、古い燧袋をとり出して見ると、さすがに自分がこの山里に永く住んだことが考えられる。そうして昔から山焼のたびに用いられた燧袋は、自分の父にも使われ、自分にも使われて、随分永くこの家にあるのだと思う——そういう感懐がそのまま出ているのでこの句は素朴な味を持つ。秋田の山中に生活し、蒼古雄勁《ゆうけい》の句を多く遺して亡くなった作者だけに、こうした淡々たる句も、どこか骨の太い感じがする。

（『麗日抄』）

「山焼の燧袋も古りにけり」は一本の棒のような句姿だが、そこに込められた心の襞を、秋桜子は丁寧に鑑賞している。

山焼や火を鑽《き》れば啼く枝の鳥（昭和二年）

「火を鑽る」は火をおこすこと。山を焼こうと火を起こすと、枝にとまった鳥が鳴く。

山買ふや山の境の春の水（明治三十九年）

露月は明治三十六年「日露戦争で弘前に三箇月陸軍医官としていて、論功行賞でもらった百円に若干つぎたして」「女米木山麓に山林を買い、そこに杉苗を植えて、それから年々植えつぎ二万数千本に及んだ」。長男を「将来洋行でもさせる時の費用」に充てようと考えていたという（『俳人石井露月の生涯』）。

「山の境の春の水」とは、買った山林の境界にあたる谷に、川が流れていたのだろう。明治四十三年、露月は訪ねて来た虚子を女米木山に案内した。そこでこんなやりとりがあった。

虚子「君は山を買ったそうだな」。露月「ああ」。虚子「此山がそうなのかい」。露月「此の少し向うの方だ」。虚子「殖林を遣ったそうだね」。露月「殖林をやったのはあちらの方だ。こちらはまだ買ったままで放ってある。僕の村に誰も買う奴が無いので僕が買わんと他村のものとなるというのだったから思いきって買った。それから向うの山は青年会の貯金があったので青年会の財産として買って置いた」。（虚子「露月を女米木に訪ふの記」）

虚子は「殖林の事は子規居士の枕頭でよく問題になったものだ。そうして之を実行した人が露月であるという事が其人を得ているように思われて面白かった」（同前）と記している。露月を知る虚子は、植林が、粘り強く物事を遂行する露月らしい企てだと思ったのだ。

海の如く野は緑なり五月晴

昭和二年。「相川野のつつじ会は五月二十八日に開かれた、会者十余名。つつじは盛りが過ぎたが天気晴朗、快く句を作った」と前書。

その折の作は「深山鳥《みやまどり》羽耀《かがや》かす五月晴」「裏山や五月晴して朴高木」「山水の流れて白し五月晴」「古道を行けば家なし草茂る」「故郷は花なき草の茂哉」など。「快く句を作った」という通り、どの句も言葉に淀みがない。

なかでも掲句は、青々と一面に草木が繁った野を「海」に喩えたのが大胆だ。「海」↓「野は緑」↓「五月晴」と、畳みかけるようにイメージが広がる。野を一面に緑で塗りつぶしたような感じがするし、海のきらめきのように、風に吹かれて草木の輝くさまも思い浮かぶ。言葉遣いに関する露月の豪胆さが表れた作だ。

露月には、「如き」を鮮やかに用いた句がある。

離愁とは土筆の如きものなるか（明治三十年）

「ホトトギス」の「随問随答（子規口述）」という欄に「嘗て日本紙上に見たる句に　離愁とは土筆の如きものなるか　という句あり其意御説明下されたく候」という問があり、子規は「離愁とは土筆の如きものなるかと云う意味なり。外に説明の仕様なし」と答えた（「ホトトギス」明治三十二年六月号）。「離愁」を「土筆」に喩えた発想の飛躍をことさらに説明するのは野暮だと思ったのかもしれない。この頃、露月は医師になると決め、帰郷していた。子規と離別した淋しさが、春になると生えてくる土筆のように、露月の心に兆したのだろうか。

終焉は炬燵離るゝ如きかな（明治三十八年）

人の死は、炬燵から離れてゆくようなものだという。家族とともに炬燵にあたっていた人がふと立っていなくなり、それっきり返って来ない。日常の延長線上にある「終焉」を思わせる。現代の俳人の作に「死ぬときは箸置くやうに草の花　小川軽舟」がある。

角なきが如牙なきが如一夏の字（明治四十三年）

「一夏」とは、僧が夏に一室に籠って修行すること。その一夏の僧の書いた文字が、角も牙も感じられない、円満な字だというのだろうか。

汐引くが如炎天の暮《くれ》にけり（大正五年）

真夏の炎天もしだいに日の暮となってゆく。あたかも潮が引くように。

玉の如く春寒凝りて句録の句（大正九年）

「病間句録を読んで左衛門《さえもん》を偲ぶ」と前書。同年一月に亡くなった子規門の俳人吉野左衛門が病中に詠んだ句が「病間句録」として「ホトトギス」大正九年二月号に掲載された。以下はそのうちの一句。

後の月出たかと聞けば出たといふ　左衛門

深山鳥羽耀かす五月晴

昭和二年。「さわやかな五月晴《ごがつ》」というが、俳句でいう「五月晴《さつきばれ》」は五月雨《さみだれ》すなわち梅雨どきの晴間のこと。湿っぽい梅雨の合間に日がさすので蒸し暑い。たとえば、こんな感じだ。

虻出《いで》よせうじの破《やれ》の五月晴　一茶

鬱陶しい梅雨どきの家の中に虻がいる。その虻に、障子の破れ目から外に出ていけという。「深山鳥」も梅雨どきの句だ。それ以前に詠まれた「深山鳥」の句にも梅雨の季語が用いられている。

梅雨雲に翔《かけ》りて深山鳥の来る（大正四年）

梅雨の雨雲の下を「深山鳥」が飛んでくるところを詠んだ。

深山鳥姿あり〳〵と梅雨寒に（大正七年）

肌寒い梅雨の日、深山鳥の姿がありありと見えた。この句には「能代長慶寺北涯追悼会席上」と前書がある。句友の佐々木北涯の面影を思い浮かべて「姿あり〳〵」と詠んだのだろう。

「深山鳥」とはどんな鳥だろうか。与謝野晶子は「石まろぶ音にまじりて深山鳥大雨《たいう》のなかを啼くがわびしさ」（「舞姫」）、「深山鳥あしたの虫の音に混り鳴ける方より君帰りきぬ」（「心の遠景」）と詠んだ。中西悟堂《ごどう》は「きのう以来の深山鳥が、ここではじめてモズとなり、アオジとなり、郭公となる」と記す（『定本野鳥記』）。「深山鳥」を小鳥の一種（深山頬白）とする資料もあるが、晶子の「深山鳥」は特定の種ではなく、悟堂のいうような、山に棲む鳥というほどの漠然とした意味だろう。露月の「深山鳥」も「深山にすむ鳥」（『広辞苑』）と解したい。

「深山鳥羽耀かす五月晴」の「五月晴」を梅雨どきの晴間と解するならば、湿度も温度も高い。人間には不快だ。しかし野山の生きものにとって生命が漲《みなぎ》る季節だ。山の鳥たちは羽を輝かせて飛ぶ。飛び疲れたら木々に憩う。むせ返るような「五月晴」の空の下、鳥は鳥の生を謳歌する。

『露月句集』によると、「深山鳥羽耀かす五月晴」は五月二十八日の作。『つつじは盛りを過ぎたが天気晴朗』とある。実景は初夏の晴天だが、ここではあえて「五月晴」という季語の本意に従って梅雨どきの句と解した。

昭和二年の「深山鳥羽耀かす五月晴」は、大正四年の「梅雨雲に翔りて深山鳥の来る」や大正七年の「深山鳥姿ありく〳〵と梅雨寒に」より句のスケールが大きい。「深山鳥」という同じ題材を詠んだ句だが、句作の技量が上がっている。

易《か》へずあらむ宵々蚊火の置所

昭和二年。蚊火とは蚊遣。宵ごとに焚く蚊遣の置き場所は、変わることなく、いつもと同じところなのだろう。「あらむ」は推量。目の前のことではなく、よその家の中のことを詠んでいる。「松圃亡巌」と前書。田口松圃は、虚子の露月訪問に同行した人物。仙北新報社長、秋田県議などをつとめ、大曲の郷土史家、俳人として知られる。このとき松圃は四十代後半で大曲町長だった。その「亡巌」(亡父)への追悼だ。露月は大曲の俳句会に招かれたこともあった。松圃の家の中を思い浮かべながら、いつものように蚊遣火を焚いて、おだやかに父の死を看取ったのだろうと思い遣っている。

露月の弔句には人情味が滲み出た句が多い。

花鳥の魂こぞる朧《おぼろ》かな (大正七年)

「悼水巴厳君省亭画伯」と前書。俳人渡辺水巴の父で花鳥画の大家の渡辺省亭への弔句。花や鳥の魂がこぞって省亭画伯を悼んでいる。

この寒さ温石いかにし給ひし（同）

「和風亡北堂」と前書。安藤和風は秋田の俳人。「温石」は、温めた石を布などで包んで暖を取るもの。ご母堂はこの寒さの中、温石をどうしておられたのだろうか、と気遣っている。

言霊の鶯の春をも待たず（大正九年）

「悼乙字《おつじ》」と前書。大須賀乙字は碧梧桐門の俳人。三十八歳で病没。乙字忌（命日）は一月二十日。犀利な俳論家として知られる乙字を「言霊」に喩え、その「言霊」なる乙字が鶯の鳴く春を待つことなく、死んでしまったというのだ。

乙字は、露月の「白馬馬に非ずと云へば栗はねる」を「概念融合の斬る不意打の極端なる飛躍は一種の滑稽美を感ぜしむる」と評した（「日本特有の詩形」『自選乙字俳論集』）。「奇怪斬新。常人の思い得る所にあらず」（子規）と評されたこの「白馬」の句は、明治二十九年、子規の膝下にあった頃の作だ。

来し方や道一筋の花卯木（大正十五年）

「悼美代女（西江妻）」と前書。秋田県の東海林西江・美代女の名が『野辺地町郷土史研究会の歩み』の明治の俳人の欄に載っている。俳誌「車百合」明治三十五年六月号の誌上句合せでは「旅を憩ふ麓の茶屋や閑古鳥　西江」と「深山路の暗き木立や閑古鳥　美代女」とが夫婦で対戦。判者の鳴雪は「持」（引分け）とした。露月は、故人が夫君とともに長く俳句を嗜んで来たことを知っていて、「来し方や道一筋の」と詠んだのだろう。

夜の蟬しば〳〵鳴くも寂しからむ

昭和二年。夜、蝉が何度か鳴いた。「寂しからむ」は、命短い蝉のことのようにも読めるが、露月自身も淋しい。以下、加賀谷一雄の鑑賞を引く。

この句の中で語られているものは、作者の痛切な寞寥感である。すでに露月は中年を越している。思い出したように断続する蝉の鳴声に耳を傾けている作者の心は、すでに夜の蝉の心になり切っている。むしろ作者の孤愁やるかたない心が夜の蝉の心をつつんでいるとでも云い得ようか。もと云う助詞の絶妙なはたらきをみのがしたくないと思う。このもには対象をつつんでいる作者の心情が凝結されているのだ。その故にこそ「さびしからむ」と云う下五の主観的な表現も浮いたものにはならないと思う。むしろ、この語が、蝉への思いやりであるのか、作者の心そのものの色であるのか、わからぬ程しみじみと読者の胸を打つ。

このもは、いかなる助詞にも置きかえられぬ決定的な位置をこの句ではしめているのである。このような場面にはよく打ち当ることである。それ程日常的なことがらの中にかくもしみじみとした人間のさびしさを形象化した露月の力倆《りきりょう》を私は高く買いたい。

（「寒雷」昭和二十六年九月号）

俳句では、さびし、かなし、のような感情を露わに詠むことは避けるべきとされる。しかし「うき我をさびしがらせよかんこ鳥　芭蕉」のように、「さびし」という感情は根深い。

飯くうて淋しかりけり花卯木（明治三十五年）

飯を食うても淋しい。花卯木（初夏に白く咲く卯の花）に淋しさの要素はないが、「卯花も母なき宿ぞ冷じき　芭蕉（母が亡い家は、卯の花が咲いても殺風景だ）」のように詠まれる。

淋しさに紅葉を焚いて遊びけり（明治三十六年）

「紅葉焚く」は、白楽天の「林間暖酒焼紅葉（林間に酒をあたためて紅葉を焼く）」による。焚火といっても故事を踏まえた風流韻事だ。「淋しさに」といえば、原石鼎に「淋しさに又銅鑼打つや鹿火屋守（大正二年、獣から畑を守る鹿火を燻す役目の人が、淋しさを紛らわせようと、獣を脅かす銅鑼を又も打ち鳴らしている）」という句がある。

以下は、村医として生きる露月が、虚子に心の一端を打ち明けたものだ。

村落の老若男女は自分と何の隔意もなく旦那さんと崇めあがめられて親みを尽しているが、自分と彼等との間には確かに一膜を存して居る。そして此膜は終世撤去出来まいと思う。此膜が取去られて自分と彼等と合体してしまえばたとい「堕落」はせぬにせよ「自分」は亡くなってしまうので寂寞の感もなかろうし其他一切万事休すだ。

（虚子「露月を女米木に訪ふの記」「ホトトギス」明治四十三年七月号）

露月は村人と親しんではいるが、彼らとの間には「一膜」がある。それは村医露月と俳人露月の間にある「一膜」でもある。その「一膜」が、露月の胸中の「寂寞」の原因だ。しかしその「一膜」がないと、露月は露月でなくなってしまう。露月はこの「寂寞」を抱えて生き続けた。

名月の雲の黒さよ明るさよ

昭和二年。名月に照らされた雲のさまを詠んだ。光の加減で暗いところもあれば、明るいところもある。暗いところを「暗さ」といわず「黒さ」といった。たんなる明暗でなく、黒く塗ったような様子だ。「暗さ」と「明るさ」の対照には意外性がないが、この句ははじめに「黒さ」といったので、そこから転じての「明るさ」が際立つ。

「黒さよ明るさよ」と「よ」を重ねた。まず黒いところを見て、次に明るいところへ目を移したのだろうか。そこに、しばしの時の移ろいもあろう。月と雲の位置関係や雲の形は刻々と変わる。雲の明るい部分が暗くなったり、影のように黒々とした部分に光があたったり。

月今宵雲の深さを欄に倚る（昭和二年）

「雲の黒さよ明るさよ」は、月に照らされた雲の陰翳を「黒さ」と捉えた。この句は雲の陰翳を「深さ」すなわち雲塊の奥行きと捉えた。散文なら「雲の深さを見つつ欄に倚る」と書くところだが、「見つつ」を略し「雲の深さを欄に倚る」といった。欄干に凭れ月を仰ぐと、雲の深さに身を委ねたような心持になる。
以下、月という字を俳号に持つ露月の、月を詠んだ句を拾う。
とざしたる月の戸口や菊白し（明治三十一年）
閉した戸を月が照らす。戸口の脇に咲く菊が白い。月の明るさが強く感じられる。
三日月や風さら〳〵と木賊《とくさ》刈（明治三十二年）
「木賊刈る」は秋の季語。「さら〳〵」と吹く風の中、木賊を刈る。すでに日が暮れ、頭上に三日月がかかっている。
名月や机の上の梨の影（明治三十六年）
月の光がさし、机上に置いた梨の実に影が出来ている。
夏の月槐に深き住居かな（明治三十八年）
槐の木の茂った枝葉のなかに夏の月が見える。そのさまを「夏の月槐に深き」と詠んだ。そんな槐の木がある住居だ。
寒月や皆そら事の小町塚（明治四十一年）
いわれのある小町塚だが、何もかもが空事（作り話）だという。寒月の光がつめたく、むなしい。
穂芒も少なに雨の月の前（大正六年）

雨の十五夜。見えぬ月を前に、壺に挿した芒も少なめだ。

雨戸引けば燈下無月の供物哉（大正七年）

雨の十五夜。雨戸を閉ざした家の中、月を祀る供物が灯に照らされている。

小春日のつゞくらし宵々の月（昭和二年）

宵ごとに月が出て、明日も今日と同じような小春日が続くのだろう。

草枯や海士が墓皆海に向く

昭和二年。冬になり、草が枯れた。海に近い墓地には漁師の墓がある。墓はことごとく海のほうを向いている。

昭和二年十一月、露月は最後の長旅となった関西への旅行に出発した。その旅のはじめの「羽越線車中」での作。以下、水原秋桜子の鑑賞を引く。

汽車がある隧道をすぎたときに、車窓には平らかな岬が現われ、その向うに、日本海の波が暗い紺青の色を展べていた。岬の草原はもう黄色に枯れている。冬の早いここらであるから、霜が深く降りるのだろう。これからは風が吹き海の荒れる日がつづくのだ。

その草原の一隅に小さな墓地らしいものがあって、二、三十基の墓が淋しく海の方を向いて立っている。作者はこれを海士の墓と見た。その観察は極めて自然である。潮風にさらされ、供華もない墓が、永久に海に向って立っているのを見て、作者は海士の生涯を哀れと思ったのである。そうしてその哀れさと、草の枯れてゆく哀れさとを結び付けてこの句を成したのである。

いかにも奥州の海辺らしい寂しさが読者の心を打つのは、やはりこの作者が立派な力を持っている證拠であろう。（『麗日抄』）

「海士の生涯を哀れと思った」とは、作者の心境にまで踏み込んだ鑑賞だ。なお「奥州の海辺」とあるが、羽越線からの景だから、「奥州」とは奥羽という意味だ。

穭《ひつじ》細く鳥海の裏おろす風（昭和二年）

この句も「羽越線車中」の作。「穭」は稲を刈り取ったあと、刈り株から再び生えた稲のこと。細くたよりない穭をなびかせて、鳥海山の裏側を風が吹き下してくる。以下、伊藤義一の鑑賞を引く。

鳥海山のような独立峰は、どこから見ても自分が見ている方が表に見えるものです。しかし、この句では「裏おろす」と「裏」を使ったのがすごいと思います。この地方の初冬の枯れ渡った侘しい情景が浮かんできますが、その侘しさが「裏おろす」によって人の心に響い

（『露月俳句鑑賞講座』）

てきます。

秋桜子は「車窓でよい景を発見したら、近い駅で下車して、そこまで行き、十分に観察してから詠むべきです。一瞬のあいだに見た材料で、よい句を作ろうなどというのが、そもそも間違った話で、楽をしつつ作句しようというような考え方は、早く改めるべきです」（『俳句のつくり方』）と、入門書の中で「車窓俳句」を戒めている。ただし、これは旅先での話であろう。羽越線からの眺めは、露月にとって身近なものだった。「海士の墓」も「鳥海の裏おろす風」も情景を捉えている。秋桜子は、露月の「車窓俳句」に賛辞を惜しまなかった。

太閤はしぐれを知らず吉野山

昭和二年。太閤秀吉は時雨の吉野山を知らなかったというのだ。麻生磯次・小高敏郎『評解名句辞典』は「豪快な人となりの太閤は花の吉野山の景はうてつけだが、時雨ふるわびしい吉野山の景は知らないだろう」と解する。秀吉は文禄の役のさなか、徳川家康、前田利家、伊達政宗らの武将や茶人、連歌師らを伴って吉野山に出向き、五千人の花見を催した。露月は、秀吉のこの故事を踏まえながら、時雨の吉野山を賞翫した。

昭和二年十一月四日、露月は句友とともに京都から鉄道で吉野山に向った。宿坊の竹林院に泊り、掲句のほか、次のような句を得た。

さながらに菊伏す山路間なき雨

菊が打ち伏す様がそのまま見える山道。間断なく雨が降る。

炭ついでしぐれに居りぬ吉野山

火鉢に炭を継いで時雨の降る吉野山にいる。

このときの心持を、露月は旅行記に以下のように綴った。

万葉幾首の歌、太平記一篇の文に懐古を感じ、憧憬を感じ、繾綣《けんけん》を感じたものが、足一たび吉野の峰を攀づる時、個の凡山凡水が忽然面目を改め来り、珠玉夢の如く、錦綉幻の如く、五彩紛飛の妙境を現前する。この境致と情趣との交錯した地点に泉の如く湧くものは詩だ、文だ。諸君は先を争うて掬取したが、予は人後より纔《わず》かに点滴を拾わんと擬するのであった。

（『蜩を聴きつゝ』）

名高い吉野山で、同行の句友は気負って句を作ったが、露月はマイペースだった。

陵やありとも見えぬ時雨の灯

後醍醐天皇陵である塔尾《とうのお》御陵での吟。同時作の「常盤木のしぐれ畏し吉野山」「一処落葉つもりぬ吉野山」はさしたる句ではない。これらの捨て石のような句があって、この佳句が生まれた。陵の印象を露月は「渓山蒼茫《そうぼう》、樹石幽鬱《ゆううつ》、襟懐凛々《きんかいりんりん》として久しく留まるべからず」と記し、さらに次のように記す（同前）。

蓼江《りょうこう》が如意輪寺に請い得た小提灯を手にして帰途についた。提灯は幾たびか時雨のために消えた。ハラハラと桜落葉する岨道《そばみち》に立止まって小蝋燭に火をともす。振り返っては来し方を望む。

「ありとも見えぬ時雨の灯」を、大野林火は「陵あたりと覚ゆるところに見える灯」(『日本の詩歌』)、秋尾敏は「あるはずだが、冷たい雨の中ではっきりあるとまでは見えない灯」(『名歌名句辞典』)と解する。本書もこの解釈に従うが、陵そのものが「ありとも見えぬ」と解することも出来る。その場合、句意は「陵のありとも見えず時雨の灯」と同じだ。

「陵やありとも見えぬ時雨の灯」は地名を消した。作者にとって「陵」は後醍醐天皇陵だが、読者にとって必ずしもそうである必要はない。ただ、どこかの幽邃《ゆうすい》な陵であればよい。

旅の髭伸びぬ吉野はしぐれつゝ

昭和二年。吉野の竹林院での吟。時雨が降っている。長旅で髭が伸びた。歌枕の吉野に対し、髭という卑俗なものを取り合わせたところに俳諧味がある。髭が伸びた姿には落剝の趣があり、旅愁もあり、時雨とあいまって侘びた風情もある。

「旅」は古来、俳諧のテーマの一つ。露月も旅吟に巧みだった。

家を去る一里芒の旅心（大正十年）

家を去ること一里。野道を歩いていると、芒にも旅の心を感じる。淀川村（現大仙市協和）の加藤凡化が催した「案山子祭」に向かうさいの吟。

六郡を稲妻すなり草枕（大正十一年）

「平泉」と前書。豪壮な句だ。北上川に沿う「奥六郡」が奥州藤原氏の勢力圏だったことを踏まえる。

旅今宵潮虫もなけ宿の庭（大正十三年）

海に面した宿の庭にたたずんでいる。海に棲む潮虫も、他の虫にならって秋の夜を鳴け、というのだ。潮虫は北の海に棲む小型の甲殻類。藻に住んで鳴く「われから」という虫は古来、和歌に詠まれ、俳句では秋の季語とされるが、じつは正体不明。露月は「われから」と同様、秋の夜に鳴くものとして潮虫を詠んだ。鄙びた海辺の宿が想像され、旅愁がある。

秋田の岡田幽渓という人が「木堂雑誌」に宛てた書信が、同誌大正十三年十一月号に掲載されている。その文面に「「旅今宵潮虫も鳴け宿の庭」「四五人の踊に磯の香の立ちぬ」は、露月先生が私にとめられた句であります」とある。これらは露月が八月十五日、岩舘（現八峰《はっぽう》町）に遊んださいの句だ。

旅人とつゝじに昔語りかな（大正十四年）

ツツジの花を見ながら、旅人と昔話をする土地の人。山家の情景が想像される。

蕨《わらび》老いてはるけくなりし旅路かな（同）

わが旅もはるか遠くまで来てしまった。その間に山の蕨も長けてしまった。旅路の遥かさと時の移ろいを感じる。

幾秋の泉を旅の鏡かな（大正十五年）

古くからある泉に顔を映して旅の鏡にした。瑞泉寺（富山県南砺市井波）での吟。「井波誌」（昭和十二年）という郷土資料に、掲句とともに、「露月山人を迎えて」と前書のある「君は旅硯の墨糞洗ふ清水哉　未翁」が引かれている。

人泊めし蟵の釣手も名残哉（明治四十年）

「碧梧桐来」と前書。旅人としてはるばる訪ねて来た碧梧桐を泊めたさいの句。去ってゆく旧友との名残を惜しむ。

凩の石に留めず雲の影

昭和二年。凩が吹いている。雲はとどまることなく吹かれてゆく。地にある雲の影もまた。大きな石があって、さきほどは雲の影に入っていたが、すでに雲の影は失せ去っている。颪の吹きすさぶ、縹渺《ひょうびょう》とした虚空を思う。

最晩年の旅で大阪城址を訪れたさいの句。同時作に「露霜の結ばん草木なかりけり」がある。だだっ広い城址には、露や霜が結ぶような草木はない。

凩の句は「太閤の築きし城や秋の風　涼斗」などと並び『新撰日本名勝俳句集成』（昭和八年）の「大阪城址」の項に収録されている。露月が訪れたときは、昭和六年再建の天守閣はなかった。「石に留めず雲の影」は、大城郭が消え失せた跡の空虚な空間を思わせる。ただし懐古の情に引っ張られると鑑賞が通俗的になる。大阪城ということは忘れ、どこかそのへんの野面の石に雲の影が去来する様子だけを思い描きたい。

「秋立つか雲の音聞け山の上（大正十二年）」をはじめ、露月には雲を詠んだ句が多い。

きれぐ〵や冬田をはしる雲の影（明治三十年）

片々と浮かぶ冬の雲。その影も「きれぐ〵」だ。

巌上に雲の影落つ清水かな（明治三十一年）

清水のほとりに大きな巌があり、その巌に雲の影が落ちている。

したゝりや雲の音きく石の上（明治三十二年）

「滴り」は山中の岩などから落ちる雫のことで、夏の季語。石の上にいて、空に浮かぶ雲の音を聴く。

風雲の影ひやゝけき木末かな（明治三十三年）

風を誘う雲が梢の先に浮かんでいる。雲は日を隠しており、木末を仰ぐ作者は雲の影に入っているのだろう。「ひややか」が秋の季語。

一面に花咲く苔や雲の影（明治三十四年）

一面に咲く苔の花に、雲の影が被さっている。

乾海苔の小家や春の雲の影（明治三十五年）

海苔を干す小家に、春の雲の影が被さっている。

耳あれば天地五月の雲の音（明治三十六年）

耳があるので、五月の天地の雲の音を聴く。

峯を離れし雲の行方や秋の水（大正四年）

峯を離れた雲は何処へゆくのか。秋の水が広がっている。「鹿の画に題す」と前書。

雲の冷草木に垂れつ閑古鳥（大正十年）

雲の放つ冷やかな気配が、垂れるように草木に及ぶ。閑古鳥（郭公）が鳴いている。

一方の雲の爛《ただ》れや麦の秋（同）

熟した麦畑の上に広がる空。ある一方の雲は、爛れたように日に映えている。

雲を眺める。地を走る雲の影を眺める。雲の音を聞く。雲の気配を感じる。露月は雲と親しかった。

木葉降るや掃《はら》へども水灑《そそ》げども

昭和二年。木の葉が降ってくる。掃っても、水をそそいで流しても木の葉は降ってくる。上五は「木葉降る」でもよいが、あえて字を余らせて「木葉降るや」としたところに気持ちの高ぶりが表れている。「〜ども〜ども」という逆接の反復にも気持ちが籠る。掃っても掃い切れず、そそいでも流しきれない木の葉とは、何を意味するのだろうか。

木の葉が降るところにあって、掃ったり水を注いだりするものといえば、墓だ。前書に「子規居士墓前」とある。昭和二年十一月八日、田端大龍寺の子規の墓に詣でたときのことを露月はこう記している。

予は京阪小遊の帰途東京を経て約三十年ぶりで根岸庵を訪い、初めて子規居士の墓にも詣でた。「……まだそんな泣言をクドクドと並べ立てているのか、エエ、オイと墓の子規子は歯をむいて、白い眼玉を見せて、下顎骨の隅角を尖らしながら斯う言って、更にハハハと高笑いされた。それは予が顔皺み、髪白く、ヨボヨボと老いたのを指しての笑いであった。昔予が別れたのは三十三歳の子規子であった、そして今でも彼は三十三歳でいるのだが、予は五十余歳の予自身を即時に発見したのであった……。」これは墓前の感慨の一節であった。

（『蜩を聴きつゝ』）

露月は以前、子規からの最後の手紙を額面にして「堕落予防薬」「興奮剤」のつもりで書斎の壁に掛けたことがあった。そのことについて次のように記している。

「此額面の下に居ると、何と云う理由はなしに、非常な圧迫を覚える、気分が妙に鬱ぎ込む、悲しくなる。酒を飲んでは醒めて悔い、昼寝をしては起きて悔うるという始末、自分の精神は勿論手足までも束縛されたように自由が利かなくなる」。

そこで額面を外して押入に隠したところ「一旦は清々としたが、其中に何だか物足らない感じ

秋田市雄和女米木の露月旧居に残る子規の肖像

がして来る、酒を飲んでも醒めても、昼寝をしても起きても、何の手答えがなく、壁上に残った二本の真鍮の折針を見るのが何も見ぬよりも寂寞であった」「此寂寞の感に堪えかねて、押入から額面を取出して再び掛けた」が、再び「額面に対すると僕は俄然として拘攣《こうれん》の状態と成って又曩時《のうじ》の瞑眩《めんげん》、昏倒をくり返すので」「僕は再び額面を外づした」（「別後再び虚子に与ふるの書」「ホトトギス」明治四十三年九月号）。

このとき露月は三十七歳。「三十三歳の子規子」と別れて十一年が経っていた。「圧迫」を感じながらも懐かしい。露月は、子規に対する屈託した思いを抱えて生きて来たのだった。

一句の酒そゝぐべき落葉かな（昭和二年）

「鳴雪翁墓前」と前書。子規の墓に詣でた後、露月は青山墓地の内藤鳴雪の墓に参った。元松山藩士の鳴雪は子規より二十歳年上ながら、俳句は子規に兄事。子規の仲間から「鳴雪翁」として親しまれた。露月にとっても鳴雪は、怖い子規と違い、懐かしい「翁」だった。

百姓に教へて倦《う》まず山眠る

昭和二年。「山眠る」が冬の季語。露月は、青年団主催の「夜学会」の講師をつとめた。会期は農閑期の十一月から三月（『石井露月日記』）。「白骨の白さ漾ふ露の中」と詠んで追悼した小学校長の荒木房治は夜学の中心だった。

日記には、明治四十二年三月八日「夜学会、羅馬字、綴方」、同四十四年一月二十六日「夜学ニ出会、「看病法一班」ヲ話ス」などとある。ときには、明治四十二年三月二十七日「夜学会日ナリシモ、前夜睡眠不足ノ為欠講」、同四十四年三月三十一日「曹洞宗布教師、お寺ニ説教、中ニ皇室ニ対シ不謹慎ノ言葉アリ、夜学ニ之ヲ話ス」ということもあった。

以下、夜学を詠んだ露月の句を拾う。

先生のために蚊火焚く夜学かな（明治四十年）

先生のため蚊遣を焚く。

有用の書一部蔵す夜学哉（明治四十一年）

有用の書が一部だけあって、皆で大切に扱う。

水鳥に夜学提灯はや過ぎし（明治四十四年）

夜学の行き帰りの夜道を提灯が照らす。

夜学日の間遠に菜種花となる（大正二年）

農繁期の春になり、夜学の回数が減ってゆく。

夜学用の薪朽ちたり桐の花（大正四年）

桐の咲く頃、夜学で使い残した薪が朽ちている。

夜学出て一尺の雪に呼びかはす（大正五年）

夜学が終り、雪道を帰る。

夜学又大勢となりぬ積る雪（大正五年）

夜学の人数が増え、雪は深く積る。

雪に伏す竹や夜学の小提灯（大正十二年）

雪で打ち伏した竹を提灯で照らして夜学へ行く。

そのいっぽうでこんな句も詠んでいる。

十人の田打必ず愚なるあり（明治四十年）

暗算にこの魯鈍さよ宵長閑（明治四十三年）

田を打つ者が十人いれば、その中に必ず愚かな者がいる。暗算ができない。「長閑」は春の季語だ。露月は、村人の実状を「今日あるを知りて明日あるを知らぬものあり」と嘆いた（『俳人石井露月の生涯』）。夜学で「「賭博ノ弊」ヲ説ク」こともあった（明治四十四年二月十六日の日記）。

「夜学」は秋の季語。秋は夜が長く、読書や勉強に身が入るからだという。

先生の酒気のさめゆく夜学かな　五黄（大正三年）

夜学で教える教師の酒気が醒めてゆく。

臼踏みし足燃えて坐す夜学かな　滴翠（大正七年）

夜学の最中、臼を踏んで疲れた足が火照る。

百姓をきらひてはげむ夜学かな　橋本月路（昭和十年）

農業が嫌いで学問に励む。

日記に「末吉来リ、酒アリ、夜学会ニ欠席」（明治四十三年一月十六日）とある。酒好きの露月先生、ときには酒気を帯びて授業をすることがあったかどうか。

せんなしや又灰となる火桶の火

昭和二年。火桶とは、丸型の木製の火鉢。火桶に火を熾《おこ》しても、また灰になってしまう。致し方のないことだ。目の前にある火鉢を見て、しみじみと詠んだ句のようだが、「巴濤《はとう》亡母」と前書がある。「巴濤」は俳人の名前。秋田の「路草吟社」の句会報（「懸葵」大正十二年十月号）に「蕗を打つ雨に覚めたる昼寝かな　巴濤」があり、『年刊俳句集 昭和十一年版』に「俳星」の巴濤の作として「石蕗の葉を埋めつくしたる深雪かな」が載っている。

弔句として読むならば、「せんなしや」は、母を亡くした巴濤に対する慰めだが、前書を見ないで読むと、火桶の火の燃えては灰となる繰り返しを、一種の諦念をもって眺めているかのようでもある。「せんなしや」は徒労感だ。

露月の弔句には、前書がなくても鑑賞できる作がある。

庭落葉渦まいてやがて音もなし（大正四年）

積もった落葉が渦を巻いて風に舞いあがり、静まった。その時間を「やがて」と感じた。「渦まいて」と「やがて」の「て」の反復が心地よい。作者は落葉の様子を静かに眺めている。「悼如牛」と前書。落葉の様子を見つめる静かな気持ちがそのまま弔意でもある。「如牛」は「俳魔会」（大館市出身の俳人斎藤蕗葉が中心となって露月の指導を受けた俳句会）の俳人の一人（『大館風土記』）。

耳にとき樹間の声や秋の風（大正十三年）

耳に鋭く聞こえるのは、秋風が樹々の間を吹き渡る音。調子の張った作だ。「伊藤耕余《こうよ》翁亡長男」と前書。伊藤耕余は秋田県出身の政治家。

この旅の果しも知らず冬日かな（同）

この旅が終ったことも知らず、冬の日ざしの中にたたずんでいる。弔句として読まなくても、茫漠とした味わいがある。「悼青々《せいせい》亡妻」と前書。松瀬青々は子規の時代から頭角を現した「ホトトギス」出身の俳人。関西俳壇の重鎮だった。

日当れば冬木に倚らむ思かな（同）

日が当たれば、日の当たる冬の木にもたれかかりたい。あたたかい冬の日のひとときを慈しむようだ。「冬木に倚らむ」は、じっさいにそうしているわけではなく、そうでもしたいような気持ちなのだ。「悼井泉水亡妻」と前書。荻原井泉水は自由律俳句の大家だった。

藤の花虚空高きに揺ぐ哉（昭和二年）

高いところからぶら下がった藤の花房が揺れている。藤の花だけを単純に描写した句だ。「虚空高きに揺ぐ哉」と一気に詠む。

「悼含翠北堂」と前書。含翠については、昭和二年六月二十一日付で「妙心寺の含翠来る。翌、暁起、山に案内す」と前書のある「山に上る僧俗二人夏の霧　露月」という句がある。含翠は臨済宗の僧だった。その北堂（母）への弔句だ。

此下に玉を埋めたり落椿

昭和三年。「亡児墓畔」と前書。露月には「亡児」が四人いる。大正四年に三男を生後十日で亡くし、その後、三女、長女、長男を亡くした。亡児たちを葬った墓域を落椿が覆っている。その下に「玉」のように大切な子供たちが眠っている。「此下に」の「此」に思いが籠る。いくたびも逆縁の悲しみを味わった露月は、自分と同じように子どもを亡くした知友に対し、心の籠った弔句を詠んでいる。

淋しき草悲しき草も咲にけり（大正六年）

「悼月斗《げっと》長女千里子」と前書。青木月斗は子規門の俳人で松瀬青々と並ぶ大阪俳壇の重鎮。「千里子」の名付け親は子規だった。最晩年の子規は、月斗から送られた赤ん坊の写真を見て「桃の如く肥えて可愛や目口鼻（明治三十五年）」「桃の実に目鼻かきたる如き哉（同）」と詠んだ。その千里子は、大正六年九月十七日に「盆はいつまでつゞくことやら高灯籠」という句を残して十五歳で逝去。子規の命日の二日前だった。その死を悼んで露月は「淋しき草悲しき草」と詠んだ。

「草も咲にけり」（草の花）が秋の季語。「淋しき」「悲しき」と、思いを直截に述べる。「咲にけり」をどう解するか。ささやかな草の花は慰めのようにも思えるが、半面、どうしようもない淋しさや悲しさの発露を「花」に託した、ただそれだけのようにも思える。

露月が長女を亡くしたとき、月斗は「雪の中へやさしき魂は遊びしか」と書き送った。

秋風に触れてこぼれぬ露もなし（大正十二年）

「悼瓦全《がぜん》長男」と前書。庄司瓦全は「ホトトギス」の俳人で露月より一歳年下。その年の五月に露月も長男を亡くした。「こぼれぬ露もなし」は、同じ年に瓦全と露月を襲った逆縁の不幸が避けがたい運命であることを、瓦全に、また露月自身に言い聞かせているかのようだ。

皆人の顔色動く秋の風（大正十三年）

「秋田坊亡長男」と前書。伊藤秋田坊は露月に師事した俳人。大曲の病院長だった。臨終の場面を思わせる「皆人の顔色動く」は弔句として生々しい。露月と同じ医師の立場で自分の子どもの死を看取った秋田坊の心境を思い遣って、あえて不穏な表現を用いたのだろうか。

幻やつゝじがくれに小さき物（大正十四年）

「悼千嶽長子春彦」と前書。大正十四年五月二十三日の日記に「相川野ニ甲子吟社主催句会、千岳小児急死不参、文水、幽林、裸君、甲子、女米木ヨリ蕾児、蝶逸、山彦、自分、鈴木校長、

林（吟郎）、高橋（菰橋）ノ十一人、甲子方荷車ニテ弁当ヲ運ブ、躑躅真盛リニテ希有ノ美観也」とある。地主千嶽（千岳）は露月の門人。「小児急死」とある。その子を露月も見知っていたのだろう。露月の句は、能の「隅田川」さながらに、亡児の「幻」を、咲き盛る躑躅の中に見出した。

雪山はうしろに聳ゆ花御堂

昭和三年。いつも見る雪山がある。花祭の今日、雪山は、花御堂をしつらえた寺のお堂の後ろにあたる方角に聳えている。以下、山口誓子《せいし》の鑑賞を引く。

雪山は家郷羽後国戸米川村の雪山であろう。四月の八日、麓の村の寺には仏生会の花御堂が作られてあった。

雪山はこの寺の直ぐうしろに聳えていたから、花御堂と雪山とは不思議にも美しい対照を為して眺められた。

寺を省略し去って「雪山」と「花御堂」とを残す筆法は、青畝《せいほ》の「葛城の山懐に寝釈迦かな」にも採られている。

（『俳句の解釈と鑑賞』）

露月の句は花御堂のうしろにただちに雪山が聳える。青畝の句は葛城山の山懐にいきなり寝釈迦が現れる。その二句に、誓子は共通点を見出した。「雪山は」の「は」は、あの雪山はどこに見えるのだろうか、ちょうど寺の後ろの方角だという心持だ。

誓子は露月の「家郷戸米川村の雪山」と解したが、じっさいに句を詠んだのは能代だ。昭和三年五月十三日の日記に「曇、早朝モーターニテ椿川上陸、千岳ヲ訪ヒ、四ツ小屋九時四八分、蒓同乗、増田ノ一草モアリ、機織ニ汀波《ていは》迎フ能代駅ヨリ自動車ニテ住吉十方庵ニ行キ昼食、金勇《かねゆう》楼上ニ句会、会者六十余、「仙人の話」、故人四氏ノ霊ニ俳星復旧ノ事ヲツグ、兼題藤三句、席上仏生会五句、終テ酒宴、十方庵ニ帰テ又酒、蒓、凡（後レテ至ル）ト一泊」とある。

早朝、舟で雄物川を下り、四ツ小屋の駅から鉄道で能代に向ったのだ。「十方庵」は句友島田五空の家。「金勇楼」は明治二十三年創業の料亭だ。露月は大勢の句友と句座を楽しみ、酒を酌み交わした。至福の一日だったに違いない。

掲句は「仏生会五句」の一つ。その後の酒宴を楽しみにしながら料亭の座敷で詠んだ句だが、句自体は玲瓏とした空気感を湛えている。誓子は「戸米川村の雪山」「四月の八日」としているが、伊藤義一は「白神山地」としている。花祭の四月八日を旧暦で行うと、新暦では五月になる。

雪山をまのあたりにす涅槃像（昭和三年）

も同じ年の作。三月六日の日記に「吹雪　涅槃会　二十人余　会費五〇」とある。涅槃会の二月十五日を旧暦で行うと、新暦では三月となる。

涅槃像のあるところから、雪山がまのあたりに見える。

「花御堂」の句も「涅槃像」の句も、いろいろなものが目に映る情景の中から「雪山」と「花御堂」だけ、あるいは「雪山」と「涅槃像」だけを取り出し、大きな時空を描き出した。

露涼し夜と別るゝ花の様

昭和三年。夏の夜明け。露が降りて涼しい。花が咲いている。その花はいま、夜と別れようとしている。「露」は秋の季語だが、「露涼し」は夏の露をいう。

「露涼し夜と別るゝ花の様　露月」と書くと、「露月」を含め「露」の字が二つ。「夜」と「月」、「月」と「花」が照応する。「夜と別るゝ花の様」も美しい。

『露月句集』には罌粟の花だという詞書があるが、あえて花を特定せずに鑑賞したい。ぼんやりと白いものが暗闇に見える。何の花か知らないが、ただ咲いている。夏の日ざしにくたびれた花びらを、夜の闇がやさしく包んでいた。夜露に濡れた花はぼんやりと闇に白い。そんな甘美な夜と、花はいま別れようとしている。別れを惜しむように、花は未明の薄闇に艶然とある。

以下「露涼し」を用いた句を拾う。

露涼し木末に消ゆるはゝき星（明治三十六年）

流星が梢に隠れるように消えた。涼味を感じる。「露涼し木末に消えしはゝき星」としたい気もするが、「涼し」と「消えし」の「し」の反復がうるさいので「消ゆる」としたのかもしれない。

露涼し林檎熟して紅に（同）

林檎が色づくのは八月頃か。「林檎熟して紅に」は素朴な叙法だ。

一宿に足る交りや露涼し（明治四十三年）

「虚子来庵」と前書。碧梧桐は露月山廬に四泊したが、虚子は一泊。翌朝六時に出発した。このときの模様を虚子は次のように記している。

余等が車に乗るのを露月は門前迄送って出た。
「大変騒がしたね。」
「何だか残り惜しいね。」と互に別離を叙した。暫く行ってから振り返って見ると丁度露月は門に這入ろうとしつつあった処で其後ろ影がちらと見えた。余は露月が暫く我等の車を目送していた時の心持を想像して、其門を入りつつあった淋し気な後ろ姿を永く眸裡《ぼうり》に残そうと力めた。其から女米木の裾野を渉り雄物川を越え我等五台の車が秋田に向って駆けつつある時も余は屡々彼の二階の手すりに凭《もた》れて寂寞に堪えぬ感を抱きつつある時の露月を想像して見た。
（「露月を女米木に訪ふの記」）

わずか「一宿」だったが、虚子は、露月の「寂寞」を感じ取った。「一宿に足る交わりや」と詠んだ露月は門前に立って、虚子たちの乗った車をしばらく見送ったのだった。

露涼しく今朝又一花開きけり（大正六年）

朝に見ると、また一つ花が咲いていた。花の種類は特定されていない。

灯の虫のむくろを棄てつ夏の露（大正十四年）

灯火に来ていた昨夜の蛾か何かの死骸を、翌朝に捨てたのだ。

背水の勢に在る案山子哉

昭和三年。うしろに川や湖のあるところに案山子が立っている。その様子を、背水の陣を敷いたかのように「背水の勢にある」と詠んで面白がっている。

亡くなる一か月ほど前の「素波里《すばり》吟行」での作だ。八月二十二日の日記に「晴、五時廿五分秋田発、七時廿八分二ツ井着」とある。奥羽本線二ツ井駅は秋田から能代を経て、大館方面に向かって内陸に入ったところ。露月は車中で干拓以前の八郎潟の広大な水面を眺めた。「八郎潟即興」と前書がある、軽い遊び心の句だ。

『新撰日本名勝俳句集成』(昭和八年)の「八郎潟」の項には「本邦第二の大湖」「日本海の一部にして男鹿半島に包擁せられ景観雄大」とある。挙げられている句は、掲句のほか「馬士呼べど在らず道もせに散る李(明治四十二年)」「湖の魚めづらかに見て春惜む(同)」「湖の雑魚煮れば湖草も麗かに(同)」など。「道もせに」は道一面という意味。句はいずれも露月作だ。

蕪村に「御所柿にたのまれ皃《がお》のかゞしかな」という句がある。「武者画賛」と前書があり「御所柿に番を頼まれた顔つきで御所を守る武者よろしく立つ案山子」という意味だ（『蕪村全句集』）。案山子は鳥獣から田畑を守る戦士。そのようなイメージを踏まえ、露月は八郎潟のほとりの案山子を「背水の陣」ならぬ「背水の勢」と詠んだ。

狂かあらぬか案山子を脇はさんで奔《はし》る（明治三十年）

脇に挟むように案山子を抱えて凄まじい勢いで走ってゆく。その人物は正気を失ったのだろうか。じっさいにこんな人がいたのか、それとも想像か。この句の当時、露月は二十四歳。医師を目指し再上京したが脚気が再発。悩み多き青年の鬱勃たる思いが噴出したかのような句だ。

ほくよみが族《やが》らにすなる案山子哉（大正十年）

「凡化庵案山子祭」での作。秋田俳壇における安藤和風派と石井露月派の交流のため、両派に親しい加藤凡化が両派の俳人を集め、十月一日に第一回「案山子祭」を催した（『露月の一生《研究年譜》』）。

「族ら」とは一党、仲間という意味。「ほくよみが族らにすなる」をどう解するかだが、「ほくよみ」（発句詠み）すなわち俳人が案山子を仲間とし、それを句に詠むのだと解したい。

いっぽう和風は「祭られ抔《など》せぬを案山子の本意気なり」と詠んだ。「本意気」は「本番のように真剣に」という意味。演劇で使われる。和風は芝居に詳しかった（『新聞人・安藤和風』）。ここでは「案山子を祭る案山子祭だが、祭られなどしないことが案山子本来の心意気だ」と解するのだろう。

田の神に感謝して案山子に餅を供える「案山子祭」という行事がある。秋田の俳人たちは、この「案山子祭」にちなんで流派を越えた句座を催した。当日、露月は朝に往診をこなした後、凡化庵に向かった。その日の日記に「二時頃、和風、露十《ろじゅう》ヲ始メ船岡、境ノ連中来ル、〆十五六人、坐題芒五句、皆ト昼食ノ後、兼題案山子選、晩食後、揮毫数葉」とある。

ぬか星の幾つこぼれし花野かな

昭和三年。最晩年の「花野五句」のうち「花野行く耳にきのふの峡の声」と並ぶ秀作だ。「ヌカボシノ　イクツコボレシ　ハナノカナ」と読む。音韻の要は「ボ」を中心とする「ヌカボシ」「コボレシ」という響きだ。

「ぬか星」は、無数の小さな星が糠のように細かく見えるさま。「幾つこぼれし」の「し」は過去を表わす。太古からのはるかな年月、この「ぬか星」がいくつ流星となってこぼれたのだろうか、というのだ。気が遠くなるほどの時間の流れと宇宙の広がりを思う。こぼれ落ちた星々が、花野の花々になったという鑑賞も可能だろう。

「流星」は秋の季語。「八月中ごろに最も多いといわれる」（角川文庫『新編俳句歳時記』）。句の季語は「花野」（秋）だが、「ぬか星の幾つこぼれし」にも秋の気分がある。

眼前の景を描写した句ではない。「花野行く耳にきのふの峡の声」と同様、「花野」という題で詠んだ句だ。「ぬか星」は夜の景だが、「花野」といえば昼を思う。昼の花野を見ながら、過去に夜空を通過した流星を思い浮かべている。昼と夜が交錯し、時間と空間を大きく抱え込んだ作だ。

以下、星を詠みこんだ露月の句を引く。

浅川の水の光りや星月夜（明治二十七年）

川は浅く、ほのかに水が光っている。「星月夜」は月がなくて星の明るい夜。秋の季語だ。

竹揺れて湖上の星の寒さかな（同）

湖岸の竹が風に揺れ、冬の湖の上に寒々と星が光っている。

長き夜の星や軒端に迫りたる（明治三十二年）

秋の夜長、夜空の星が家の軒端に迫ってくるようだ。

此頃の夜寒の空や星が見え（同）

晩秋、夜は寒さを感じる頃、空に星が見えている。

朝顔や水明かに星映り（明治三十三年）

朝顔が咲いた。水面には明け方の星が明らかに映っている。

軒近く穂に出る草や星祭（明治四十年）

七夕の頃、草はよく伸びて、家の軒近くまでに穂になって出た。

星祭る一むら萩をよるべかな（大正十三年）

庭に一叢《ひとむら》の萩がある。それが七夕の庭の情景の中心になっている。

新涼の流れて星の疎なる（同）

「新涼」は立秋の頃の涼しさ。いま星が流れたのは、夜空の中の星が疎らなあたりだ。

花御堂尚ほのかなる暮の星（昭和三年）

日暮の星が出ている。夕明りの中、花御堂がまだほのかに見えている。

花野行く耳にきのふの峡の声

昭和三年。声に出すと「ハナノユク　ミミニキノウノ　カイノコエ」。濁音がない。きれいな響きだ。「花野」は「花の咲いている秋の野辺」。「峡」は「山と山との間の狭い所」。野山の空気が感じられる。

読んで気持のいい句だが、「きのふ」とは、「声」とはどういうことか。作者は花野を歩いている。目に映るのは、いろいろな秋の草花が咲いている情景だ。いっぽう「耳にきのふの峡の声」とある。眼前の景は花野だが、耳に聞こえるのは、きのう聞いた峡の声。作者はきのう、山道を通ったのだ。そこで峡の声を聞いた。「峡の声」とは、峡を吹く風の音だろうか。花野の景と峡の声とが心のなかで響き合う。

『露月俳句鑑賞講座』によると、この句は「花野」という題で詠んだ作。露月は以下の五句を「俳星」に載せている（出所『露月句集』）。

芒原に道片よりし花野かな

花野の道は、隣接する芒原のほうへ片寄っている。

思ひあがり雀もとべる花野かな

思いあがったかのように、ちっぽけな雀が威勢よく花野の空を飛んでいる。

花野行く耳にきのふの峡の声

ぬか星の幾つこぼれし花野かな

なほ白し花野にさらす馬の骨

花野の中にあって、野ざらしとなった馬の骨がなおさら白く見える。

これらは実景を前にしての作ではない。過去に見た景色の記憶や想像をもとに、頭のなかで構成した作だ。想像力を働かせて一句を構成することを、俳人はふつうに行う。露月もまた、現在と過去、視覚と聴覚を絡み合わせるように「花野行く耳にきのふの峡の声」と詠んだ。

俳人で秋田魁紙主筆だった安藤和風が、露月追悼文のなかでこの句を引いている。

本社が「百人書画集」に揮毫を依頼せるに、四五日中漸く送付せられしは、

花野行く耳にきのふの峡の声

とあり、実に絶筆たるのみならず、芭蕉の「夢に枯野を繞る」の如き、辞世的一句の感を切

にせざるを得ない。

（『新聞人・安藤和風』）

露月は講演中に脳溢血で急逝した。享年五十五歳。この句は結果的に最後の傑作となったが、露月自身に「辞世」という意識はなかった。

しかしこの句を読んだ和風は、芭蕉の辞世ともいわれる「旅に病で夢は枯野をかけ廻る」を連想した。芭蕉の句は病床の夢に枯野が現れた。露月の句は花野を歩きながら、耳に「きのふの峡の声」が聞こえた。いずれも一句のなかで虚と実が響き合う。「絶筆たるのみならず」「辞世的一句の感を切にせざるを得ない」と和風が思ったのも不思議ではない。

解説　露月俳句鑑賞のために

今なぜ露月か

石井露月は近代の主要な俳人の一人だ。作品は『現代日本文学全集第九一巻　現代俳句集』（筑摩書房）、『日本の詩歌第三十巻　俳句集』（中央公論社）、『現代俳句集成第五巻』（河出書房新社）などに収録されている。『俳文学大辞典』（角川書店）は、露月のプロフィールを「日本派の重鎮として東北地方はもとより中央俳壇に重きをなした」「その作風は、東北の風土に根ざす「奥羽調」を唱えた初期の雄勁なものから自然諷詠の平明なものへ推移」したと解説する。「日本派」とは正岡子規の一派だ。

近代俳句史において、露月は子規や河東碧梧桐などと同様、明治大正に活躍した比較的古い世代の俳人と位置づけられる。子規の死後、明治の俳壇の中心には「新傾向俳句」を主導した碧梧桐がいた。大正以降の俳壇の中心は高浜虚子の「ホトトギス」に移っていった。露月は秋田から、このような俳壇の動きを見据えていた。

昭和六年、虚子の「ホトトギス」から水原秋桜子の「馬酔木《あしび》」が離脱した。これを機に「新興俳句運動」が動き出す一方、「人間探求派」などと呼ばれる新たな作風の俳人が現われた。さらに第二次世界大戦後は社会性俳句、前衛俳句などと呼ばれる新しいタイプの俳句、俳人が続々と登場した。昭和三年に亡くなった露月は、昭和の俳句が大きく変化したさまを見ていない。

秋桜子、山口誓子、中村草田男、加藤楸邨、石田波郷、西東三鬼など昭和の俳句を彩る俳人は露月より一世代後の作家だ。明治六年生の露月と三十四年生の誓子や草田男とは親子ほど年が違う。彼らはこんな句を詠んだ。

来しかたや馬酔木咲く野の日のひかり　秋桜子
海に出て木枯帰るところなし　誓子
玫瑰や今も沖には未来あり　草田男
さえざえと雪後の天の怒濤かな　楸邨
朝顔の紺のかなたの月日かな　波郷
中年や遠くみのれる夜の桃　三鬼

このような昭和の俳句を知る読者の目に、以下のような露月の句はどう映るだろうか。

かくの如き瓢に似たるものありや　露月

蚤よ蚊よと物思ふ暇なかりけり
秋立つか雲の音聞け山の上
凩に生きて届きし海鼠かな
木枯や脂がかりし魚の味
百姓に教へて倦まず山眠る

秋桜子は露月の句を「蒼古雄勁」と評した（本書二五四頁）。今風にいえばレトロだ。飯田蛇笏は「二三十の目高に田螺一つかな」「瓢一ついつまでも〳〵下りけり」といった句に「荒削り」な「露月芸境」を見出した（本書十二頁）。

昭和の俳句は、新しい意匠を求めて表現を洗練させ、先鋭化させていった。その結果、失われたものといえば、大雑把なまでの表現の荒々しさ、発想の素朴さ、句柄の重厚さといったようなものだろうか。洗練された「現代俳句」にはない「野人的詩性」（本書十三頁）こそが、現代の読者にとっての露月の大きな魅力だと思う。

「奥羽調」

露月は奥羽の風土を背負った俳人だ。蛇笏のいう「野人的詩性」の一面は、露月の句の重厚な風土感だといえよう。露月には「奥羽調」というキーワードがついて回る。

露月は帰郷の翌年の明治三十三年、能代の句友たちと「俳星」を発刊。「俳星」は子規が命名した。その一巻九号（明治三十三年十一月十一日）に「奥羽調」という一文を載せた。それは「奥羽にはなぜ壮大、雄渾《ゆうこん》という様な一派の俳風が起らないのであろうか。奥羽の天文地理の間に生長して其感化を受けぬという理由がない」「江山の助をかりて奥羽調と云う様なものをこしらえるだけの俳人は出ないか、状貌魁偉《じょうぼうかいい》、驍雄《ぎょうゆう》無双の蝦夷調は出ないか、天下の兵を引受けて九年間戦ッた安部貞任調は出ないか、「俳星」の君子勉め給え」というものだった。

本書に引いた「末枯や暮雲平かに奥州路」「材木や米代川の秋の風」「生身剝二人逢ひけり枯木立」「北の窓塞ぎぬ獣通ふらし」「跡を絶ちし悪獣を絵に冬籠」「木芽吹いて禽もろ〳〵が口を張る」「泣きやまぬ子に吹雪婆の驚破来る」「樹々骨の如く凍霧裂けて飛ぶ」「叫ぶものに皆いのちある吹雪哉」「こま〴〵と垂氷す春の暁に」「雪山はうしろに聳ゆ花御堂」などは「奥羽調」といえようか。伊藤義一は「子規の句を奥羽調のもと、自然と生活に立脚して最も骨太に発展させたのは、子規に鬼才と評された露月ではなかったか」という（『天地蒼々』）。

多彩な作品

「奥羽調」だけで括るには露月の句は多彩だ。若き露月の句を、子規は「喜んで漢語を用う」「支那の事物を詠じたることも多し」「題目は大なる者、壮なる者を取りて句調は多く古調に拠る」「奇怪斬新、常人の思い得る所にあらず」「鬼才」「雄壮」「警抜」「軽々描き去って雅致《がち》を見る」「時には柔軟なる雅語を用い、時に微妙なる情味を説く」「露月沈黙寡言、迂の如く愚の如し。然れども其句を見れば縦横奔放、藻思煥発《そうしかんぱつ》、真に恐るべき者」（「明治二十九年の俳句界」）などと評した。子規の目に映った露月は才気に溢れていた。本書に引いた「白虹日を貫いて蟷螂起つ」はこの時期の句だ。

露月はいろいろなタイプの句をものした。本書に引いた句から挙げると、「狗ころと和尚と似たり夕すゞみ」や「蕪の神大根の神やかむはかり」などの滑稽味。「物云へば共に愚にして涼し」や「洋服に足駄は寒し小役人」などの人情味。「凩に昼行く鬼を見たりけり」や「花野行く耳にきのふの峡の声」などの幻想味。

女性を詠んだ句も巧みで、「顔せや日傘の中の日の匂ひ」は匂い立つような風情。「耕や夜は玩ぶ古雛」には農家の婦人のちょっとした可愛らしさが感じられる。

「吊したる雉子に遅き日脚かな」は時間と空間を巧みに畳み込んだ作。「空山に納豆打つ音響きけり」「蛇は穴に風落々と鳴りにけり」などは漢語が力強い。

「山吹や水に及ばぬ野火の痕」「涼しさに伸びて夜明の瓜の花」「古椿雪暖かにすべりけり」「短夜や既に根づきし物の苗」「露涼し夜と別る丶花の様」など、情景を魅力的に、ときに繊細に詠む技巧にも長けていた。

上手な句、派手な句ではないが、「山見れば眠れり君は在らずして」「八十の祖父と見てゐる糸瓜哉」「片割の月待得たる夜長哉」「炉塞や耳目に潜む風邪の気」なども滋味掬《きく》すべき句だ。

露月は三男五女を得、長男、長女、三男、三女の死を看取った。長女の死の折の「冬雲の明き処なかりけり」をはじめ、逆縁の悲哀を詠んだ句にもすぐれた作品がある。


「失意の子」


露月の句は一句一句が屹立している。人物や境涯を一切知らなくても『露月句集』は面白い。とはいえ、人生的な背景を知っていたほうが、その飄逸《ひょういつ》、重厚、悲痛な作品を深く味わえる。露月にはいくつかの評伝がある。評伝に描かれたその生き方はそれ自体が興味深い。

露月は子規より六歳年下。「秋田の片田舎」から上京、子規に兄事したが、病気のため帰郷。以後、村医や村会議員などをつとめながら秋田の俳壇を主導した。尾崎放哉や種田山頭火などの破滅型の俳人とは対照的に、円満な家庭を持ち、医師として世に尽くした。医業の合間に句会や吟行、句友との酒宴を楽しみ、「露月翁」と慕われた。略歴を見るかぎりその生涯は概ね幸せなものだったが、作品を深く味わうため、その内面を覗いてみたい。

明治三十二年、帰郷する露月への送別の辞のなかで、子規は露月を「失意の子」と呼んだ（本書三十五頁）。これはどのような意味だろうか。

「文学」志望の露月が上京して最初に訪ねたのは坪内逍遥だった。逍遥は「天才」と「資財」を持たない者が「文学者」を目指すのは間違いだと諭し、入門を断った。小説戯曲の道を断たれた露月は、俳人としてデビューしたものの、脚気のため東京での活動を断念。「いのちと頼んだ文学を棄てて医業に志した折の煩悶は、それは〱一通りでなかった」（『蜩を聴きつゝ』）という。帰郷の意を明かされた子規は「暫く憮然として言葉なく、顔には不平の色が現われた」（同前）。有望な後進である露月の帰郷は、遠からぬ死を予期していた子規を失望させたのだ。

露月の「失意」とは「文学」を棄てたという単純なものでなく、むしろ、自分に期待し、落胆し、死んでいった子規に対する負い目だったのかもしれない。

本書に引いた作で子規に関わる句は「秋風や家に白髪の母います」「皆曰く是より遠し秋の風」「水とれば仏もへちまもなかりけり」「喝々と秋風痰の仏かな」「このあたりの草花折り来糸瓜仏」

「柿食ひし仏偲びつ物の本」「糸瓜見る因みに憶ふ三十年」「紙魚はたきつくさず已に獺祭忌」「木葉降るや掃へども水灑げども」など。それぞれに気持の籠った作品だ。これらの句の背景にある子規への思いは、子規の墓前での述懐（本書二八三頁）や、子規の手紙を額にして掲げたり外したりするエピソード（本書二八四頁）によく表れている。

虚子と露月

『俳人石井露月の生涯』の著者福田清人は、「ホトトギス」誌上の虚子と露月のやりとりを読んだことがきっかけとなって露月の生涯に興味を抱くようになったという。

子規の死から八年後、秋田に露月を訪ねた虚子は、その折の印象をもとに「露月を女米木に訪ふの記」を「ホトトギス」明治四十三年七月号に寄稿。これに応じる形で、露月は「別後再び虚子に与ふる書」を九月号に寄稿した。

ここで虚子は、「仕事の忙しい時は何とも無いが閑な時は時々寂寞に堪えぬような感じのする事がある」という露月の言葉を書きとめた。虚子は挑発的なまでに、帰郷後十年余の露月の「寂寞」を描き出そうとしたのだった。虚子の挑発に乗るかのように、露月は次のように心境を吐露した。

真実を白状せば、僕もアノ渡しを此方から渡って自から進んで獣の仲間入をしたいと思う事は度々あった。けれども虎杖《いたどり》の戦《そよ》ぎや川の流れの刺激を味うて見ると其反応として自分の思立ちを頗る馬鹿げた事と感じて依然此方岸に立止まる事としたのである。

（「別後再び虚子に与ふる書」）

「獣の仲間入」とは、上京して「文学者」の出世競争に加わることを意味する。そうしたいと「思う事は度々あった」が、郷里の自然に親しんでみると、上京は「馬鹿げた事と感じて依然此方岸に立止まる事とした」のだった。露月はさらに次のようにいう。

多少の功名多少の勢利の如きは僅か五十年の此世の一小波瀾に止まって、死後の寂寞は張三と李四と某甲と僕と何の択ぶ所が無いのである。況や飯食わんがために筆を持ったり何かして生きて居ると云う輩、即ち全然意味のない生活をして居るものどもの如きは僕の憫笑に値する外他に何の取りどころもあるまい。僕は村夫子というものかも知れぬ、それで他の憫笑を嬴《か》ち得たとして僕は不服を唱えはせぬ、僕は只自分の生活に何等かの意味を求めて、それが得られそうなという事に唯一の功名を認めて居る。

（露月同前）

「飯食わんがために筆を持ったり」とは、「ホトトギス」を生業とする虚子への皮肉だろう。虚子から見れば、このような反応こそがまさしく露月の「寂寞」の表われだった。虚子はまた、露月訪問の意図を次のように記している。

遥々二百里の道を来て、今日は秋田から更に六里の野道をして逢いに行くのだと思うと唯訳も無く心が躍るのであった。露月という男がどうとか斯うとかいう問題よりも、人間というものが互に斯る位置に在って、さうして今日斯くの如く甲は遥々乙を訪問しつつあるという事に禁じ難い興味を覚えて、そうして其の興味の底には如何なる場合にも常に附き纏う人生に対する軽い哀愁の感が此時も亦た離れぬのであった。（虚子「露月を女米木に訪ふの記」）

端的にいえば、虚子にとっての露月訪問とは、「人生に対する軽い哀愁」を喚起する状況を作り出すための舞台設定だった。当時、碧梧桐の「新傾向俳句」が俳壇を席巻していた。虚子は「ホトトギス」の経営問題を抱えながら小説を書き続けていた。まさに、飯食わんがために筆を持って苦闘していたのだ。赤木格堂が指摘したように、そんな時期の虚子が、露月という人物に対して小説的な興味を抱いたとしても不思議はない（本書一二八頁）。
子規没後の俳壇は、虚子と碧梧桐との対立の時代として語られる。俳壇史における虚子のライバルは碧梧桐だった。しかし、人間としての生き方も含めて虚子と対照すべき俳人は誰かといえば、露月を挙げたい。福田清人は次のように虚子と露月を対置する。

この虚子の訪問記と露月の答書は、一は都市にあって、職業的にも文筆に専念しその声名もひろがり、昂然とした文学者と、十余年前はとにかく相並んで、同じの文学に精進し、今は別の生業のかたわら、文学によって人間の生き方を求道する人との対照を示して極めて劇的な相を示している。

虚子と碧梧桐は別の意味でただ文学生活上に相反する道に別れて行った。虚子並びに碧梧桐と露月は又一は職業と文学を一にした道を歩き、一は職業と別の人生の求道としての文学の道に別れて行った。

（『俳人石井露月の生涯』）

七十四歳の虚子は『俳人石井露月の生涯』に寄せた序文に、以下のように記した。

彼が医を修めて、郷里に引込んでから、子規の羽翼漸く備わり、中央の陣営も整うたの感があったが、彼は一歩も郷里を出ず、山に樹を植え子孫の計を為し、医の傍ら郷党の子弟を育成するを心掛けた。彼の志小なるが如くにして其の実大なるものがあったかと思われる。

いっぽう、露月に親炙した門人の加藤蒓江は次のようにいう。

東北人は綿入の着ぶくれを自覚せねばならない。自覚してそれを守るということ、与えられたる自然の或物に安んずるということ、俳人露月の境涯はそういうものであった。得意といえば得意かも知らぬが、実は得意でも失意でもなかったのである。

（「石井露月の追憶」『俳句講座第八巻』）

俳壇における「中央の陣営」に身を置いていた虚子は、若き日の朋友だった露月を偲びつつ、その後の俳壇史の構図に露月を位置づけた。いっぽう露月の身近にいた蒓江は「与えられたる自然の或物に安んずる」という表現で露月の生涯を総括した。

以下、露月の小説「人間と獣」（「俳星」明治四十三年八月十六日刊）という一文を引く。いかにも露月らしい人物像を、露月自身が語っている。

　東京から帰って秋田の片田舎に、十何年というもの医者をやって居る木元という男がある。もと〱医者になるつもりでもなかったし、それに偏屈で融通が利かず、在京中は友人間に失意の男だと云われた。送別会の折にも、早く医者などを廃《や》めて失意の酒でも飲み、失意の詩でも作って奥羽に呼号せよ、などゝ嗾《そそのか》すものさえあった。当時木元も其気に成り、奥羽どころか……と内々拳を握って力ンだものだが、それが今に十何年もじっとして村医者をして居る。最早堕落して失意が得意となり、呼号の元気が消磨したのかと思えば、まんざらそうでもない。然らばまだ呼号の時機が到来せぬので、日和見をして居るのかと思えば、亦そうでもない。失意ながらも酒を旨く飲んで居るし、折々は詩も作って快適を覚えて居る。一体どうしたものだろうと、此間東京の友人がわざ〱訪ねて来たが、不得要領で帰ったらしい。何しろ十何年間一度も東京に出ず、僅か六里の秋田市にさえ年に一二度出るだけだから、要領のつかまえどころがない筈だ。医者がいくら流行ったところで、高が片田舎のそんなに多数の患者があるでなし、何が忙しいのかと云えば、此男は医者の外に村の事や部落の事や、学校の事や青年団の事や、何や蟹《かに》やに世話をやいて独りで忙しがって居るのに過ぎぬ。木元の云分はそれで人間の獣と成りかけるのを防ぐのだという。都会は獣の中に僅少の人間が棲んで居る処で、人間ばかり棲んで居る処は只田舎のみだと此男は思っている。云々。

（出所・加藤蒓江「石井露月の追憶」『俳句講座第八巻』）

わざわざ訪ねて来た「東京の友人」とは、虚子のことだろう。子規と虚子を意識しながら、露月は自身の境遇に対する思いを語っている。その語り口は決して深刻ぶらず、虚子のいう「寂寞」とは程遠い。この一文などからも感じられる一種の闊達さは、露月の俳句にも通じているような気がする。

本書について

『露月全句集』の収録句はおよそ一万句。本書はそのうち百句を取り上げ、関連する句を併せて鑑賞した。俳句は主に『露月句集』（青雲社）及び『露月全句集』（秋田市立雄和図書館）から引いた。表記は原則として『露月句集』に従った。引用した文章は原則として現代仮名遣いに改めた。漢字は原則として新字体にした。明らかな誤植等は修正した。適宜、原文にないルビを付した。句の配列は『露月全句集』に基づく制作年順とし、同年の作の句は原則として春夏秋冬の順に並べた。

露月の評伝的な情報については、福田清人『俳人石井露月の生涯』（大日本雄弁会講談社）、伊藤義一『俳人露月　天地蒼々　郷土を愛した鬼才』（秋田魁新報社）、工藤一紘『俳人・石井露月』（無明社出版）及び『小説・露月と子規』（秋田魁新報社）、石井露月研究会編『露月の一生《研究年譜》』、露月日記刊行会編『石井露月日記』、佐々木左木編『俳星句集　文章編』（俳星社）、石井露月『蜩を聴きつゝ』（文川堂書房）などを参照した。

本書の制作にあたっては秋田魁新報社のお力添えを頂いた。また秋田市立雄和図書館編の全句集を活用した。露月会会長で「あきた文学資料館」顧問の京極雅幸先生からは貴重なご助言を賜った。関係各位に厚く御礼申し上げる。

二〇二五年一月　　筆者

百句・季語索引

青嵐［あおあらし］（夏）　11
青梅［あおうめ］（夏）　189
秋風［あきかぜ］（秋）　8・26・35・240
秋の雨［あきのあめ］（秋）　14
秋の暮［あきのくれ］（秋）　195
秋の蝶［あきのちょう］（秋）　80
秋の水［あきのみず］（秋）　228
雨乞［あまごい］（夏）　107
天の川［あまのがわ］（秋）　83
凍霧［いてぎり］（冬）　166
凍蝶［いてちょう］（冬）　222
稲妻［いなづま］（秋）　178
梅［うめ］（春）　74
末枯［うらがれ］（秋）　23
落葉［おちば］（冬）　231
鳰［かいつぶり］（冬）　249
案山子［かかし］（秋）　301
風邪［かぜ］（冬）　119
南瓜［かぼちゃ］（秋）　225
神の旅［かみのたび］（冬）　213
蚊帳［かや］（夏）　148
蚊遣［かやり］（夏）　262
北窓塞ぐ［きたまどふさぐ］（冬）　101
桐一葉［きりひとは］（秋）　59
草枯［くさがれ］（冬）　271
雲の峰［くものみね］（夏）　56
凩［こがらし］（冬）　98・216・246・280
木の葉［このは］（冬）　283
木の芽［このめ］（春）　145
五月晴［さつきばれ］（夏）　257・260
寒し［さむし］（冬）　47・201
子規忌［しきき］（秋）　142
時雨［しぐれ］（冬）　274・277
清水［しみず］（夏）　113
春暁［しゅんぎょう］（春）　234
涼し［すずし］（夏）　41・160
納涼［すずみ］（夏）　32
角力［すもう］（秋）　151
蝉［せみ］（秋）　265
耕［たがやし］（春）　77
凧［たこ］（春）　186

田螺和［たにしあえ］（春）50
魂祭［たままつり］（秋）210
遅日［ちじつ］（春）38
椿［つばき］（春）292
露［つゆ］（秋）136・139・184
蟷螂［とうろう］（秋）17
納豆［なっとう］（冬）62
夏野［なつの］（夏）175
夏の露［なつのつゆ］（夏）298
なまはげ（新年）86
蚤［のみ］（夏）163
野分［のわき］（秋）92
花［はな］（春）169
花野［はなの］（秋）304・307
花見［はなみ］（春）172
花御堂［はなみどう］（春）295
春風［はるかぜ］（春）53
火桶［ひおけ］（冬）289
日傘［ひがさ］（夏）65
蟇［ひきがえる］（夏）237
雲雀［ひばり］（春）104
瓢［ふくべ］（秋）20
吹雪［ふぶき］（冬）154・219
冬籠［ふゆごもり］（冬）129
冬の雲［ふゆのくも］（冬）198
糸瓜［へちま］（秋）89
蛇穴に入る［へびあなにいる］（秋）71
牡丹［ぼたん］（夏）204
短夜［みじかよ］（夏）68・192
壬生念仏［みぶねんぶつ］（春）29
名月［めいげつ］（秋）268
紅葉［もみじ］（秋）243
山眠る［やまねむる］（冬）44・286
山吹［やまぶき］（春）116
山焼［やまやき］（春）254
山笑ふ［やまわらう］（春）125
夕立［ゆうだち］（夏）132
雪［ゆき］（冬）157・181
百合［ゆり］（夏）110
夜長［よなが］（秋）95
立秋［りっしゅう］（秋）207
炉塞［ろふさぎ］（春）122

石井露月　略年譜

明治六（一八七三）年
五月十七日、秋田県河辺郡女米木村（現秋田市雄和）に生まれる。本名は祐治。

十五（一八八二）年
四月、父常吉が死去。

二十一（一八八八）年
四月、秋田尋常中学校（現秋田高校）入学。

二十四（一八九一）年
三月、脚気のため中学三年終了で退学する。この頃から「露月」の号を使う。
十月、文学を志して上京。

二十六（一八九三）年
三月、坪内逍遙を訪ね入門を願い出るが断られる。

二十七（一八九四）年
四月、新聞「小日本」編集責任者だった正岡子規と出会う。子規の斡旋で入社。
七月、「小日本」が廃刊となり、新聞「日本」に移る。
八月、脚気のため千葉県千倉温泉へ療養に行く。
九月、子規から旅費を借りて帰郷する。

二十八（一八九五）年
十一月、再び上京。

八月、脚気のため帰郷。

十月、三度目の上京、医者になることを決意する。

十二月、医学書を携えて帰郷。

二十九（一八九六）年
九月、医術開業前期試験のため四度目の上京。

十月、医術開業前期試験に合格。子規らによる露月送別会（栗飯会）が開かれる。

三十（一八九七）年
十一月、帰郷。

一月、子規が新聞「日本」紙上に評論「明治二十九年の俳句界（初出は「明治二十九年の俳諧」）」を連載。

五月、青森経由で上京。記者をしながら私立医学専門学校に通う。

十一月、医術開業後期試験で不合格となる。

十二月、子規庵で開かれた第一回蕪村忌句会に出席。

雑誌『ほととぎす』俳句選者となる。

三十一（一八九八）年
三月、第一回子規庵歌会に出席。

四月、医術開業後期試験に合格。

六月、帰郷。
十月、医術研修のため六度目の上京。途中、能代の島田五空邸に寄り句会に臨む。
十一月、個人医院の医員となる。

三十二（一八九九）年

四月、脚気再発のため療養と研修を兼ねて京都へ行く。
五月、京都東山医院の医員となる。
十月、東京へ向かい河東碧梧桐の寄宿先に同宿。
高浜虚子宅での東京版『ホトトギス』一年を記念する宴会（闇汁会）に出席。
子規により露月送別会（柚味噌会）が開かれる。
東京を発ち、弘前や能代を経由して帰郷。
十二月、実家で医院を開業する。

三十三（一九〇〇）年

三月、五空、佐々木北涯らと能代で『俳星』を創刊。
四月、戸米川村、種平村（いずれも現秋田市雄和）の村医となる。

三十四（一九〇一）年

六月、コトと結婚。
八月、分家して新宅に転居。

三十五（一九〇二）年　九月十九日、子規死去（三十四歳）。

十一月、長男菊夫が生まれる。

子規追悼文「吾家の子規居士」を執筆。


三十六（一九〇三）年　四月、高尾山麓の山林を買い植樹を始める。

五月、母ケンが死去。

九月、女米木小学校校友会設立。


三十七（一九〇四）年　一月、女米木集落の経済事情を調査。


三十八（一九〇五）年　三月、日露戦争のため陸軍医員として召集、弘前第八師団に三カ月間勤務。

八月、能代で開かれた第二回全県俳句大会に出席。男鹿に吟遊。

十二月、長女石蕗生まれる。


三十九（一九〇六）年　八月、横手で開かれた第三回全県俳句大会に出席。

四十（一九〇七）年　七月、碧梧桐が全国行脚「三千里の旅」の途中に来訪。八年ぶりに再会し、高尾山で句会を開く。


四十一（一九〇八）年　一月、戸米川村会議員に当選。

二月、女米木青年団発足。後に露月が団長となる。

八月、太平山登山。大曲で開かれた第四回全県俳句大会に出席。田沢湖に吟遊。
十一月、次女小雪生まれる。

四十二（一九〇九）年　一月、本格的に女米木青年団夜学会が始まる。

四十三（一九一〇）年　五月、虚子、平福百穂らが来訪。一泊して能代へ発つ。

四十五（一九一二）年　一月、次男元次生まれる。
六月、この月号で『俳星』休刊。

大正三（一九一四）年　四月、加藤蕪江が俳誌『瓦川』発行。

四（一九一五）年　一月、三男高見生まれる、十日後に死去。

五（一九一六）年　一月、『瓦川』改題し『三峨』となる。
六月、三女章子生まれる。
九月、玉龍寺で初の子規忌句会を開く。

六（一九一七）年　一月、米女鬼吟社結成。

七（一九一八）年　五月、三女章子が死去。
六月、四女七子生まれる。

八（一九一九）年　八月、大曲の花火見物。帰路、唐松神社（大仙市）を訪れる。

九（一九二〇）年　二月、『三峨』四十五号に「出さぬ句集の序」を掲載。


十（一九二一）年　九月、盟友で女米木小学校校長の荒木房治死去。

十月、加藤凡化が第一回案山子祭を開き、露月、安藤和風らが集まる。


十一（一九二二）年　一月、長女石蕗死去（十六歳）。

七月、五女かよ子生まれる。

八月、平泉に吟遊。鳴子、象潟を経由し帰宅。

十月、病床にあった長男菊夫が療養のため上京。十一月に病状が悪化し露月が連れ帰る。


十二（一九二三）年　一月、俳誌『雲蹤』発刊。

二月、青年団長を辞する。

五月、長女追悼集『子鴉親鴉』刊行。長男菊夫死去（二十歳）。


十三（一九二四）年　九月、自宅で子規二十三回忌。

十一月、長男追悼集『桑弧』刊行。


十四（一九二五）年　八月、北海道に吟遊。小樽、支笏湖、稚内などを訪れる。


十五（一九二六）年　六月、二十五年目の結婚記念日に合わせ祝賀会、句会を開く。

八月、越後佐渡越中に吟遊。

十月、『俳星』再刊。

十一月、五空ら能代の俳人たちが露月庵を訪れる。

昭和二（一九二七）年

十一月、京阪から東京への吟遊。子規庵などを訪問。子規、鳴雪の墓に参る。

十二月、戸米川尋常高等小学校新築落成、開校式に参列。

三（一九二八）年

五月、能代で開催された俳句大会に出席。

六月、抱返り渓谷（仙北市）などに吟遊。

七月、随想「蜩を聴きつゝ」執筆。

八月、素波里峡（藤里町）に吟遊。

九月十八日、戸米川小学校校長の送別会席上で倒れ、その後に死去。五十五歳。

十月、追悼句会が秋田市で開かれる。

【著者略歴】
岸本　尚毅（きしもと・なおき）

俳人。1961年岡山県生まれ。岩手日報・山陽新聞俳壇選者、角川俳句賞選考委員、俳人協会評議員などを務める。編著書に『文豪と俳句』（集英社新書）、『室生犀星俳句集』（岩波文庫）、『新編虚子自伝』（岩波文庫）、『十七音の可能性』（KADOKAWA）など。俳人協会新人賞・同評論賞など受賞。秋田魁新報で「岸本尚毅の俳句レッスン」連載中。

露月百句《ろげつひゃっく》

著　　者　岸本《きしもと》　尚毅《なおき》
発 行 日　2025年3月10日

発 行 人　佐川 博之
発 行 所　株式会社秋田魁新報社
〒010-8601 秋田市山王臨海町1-1
Tel.018(888)1859
Fax.018(863)5353

定　　価　1540円（本体1400円＋税）

印刷・製本　秋田活版印刷株式会社

乱丁、落丁はお取り替えします。
ISBN 978-4-87020-444-7　C0292　¥1400E